아드

전직 최강의 《마왕》님.
자칭 신과의 조우로
고대 세계에 가게 된다.
현대로 귀환하기 위해
전장을 유린한다.

격렬한 섬광과 함께 굉음을 냈다. 그러자 칠흑의 번개가 쏟아져 대형 마법진이 나타났다. 마력을 소비함과 동시에 순식간에 술식을 구성. 눈앞에 손을 뻗어

「진짜 전격이라는 것을 보여드리겠습니다.」

「하하! 재밌는 걸 하고 있네? 나도 좀 끼워줘.」

들어본 적 있는 제삼자의 목소리가 울린 순간. 격렬한 열풍이 소용돌이쳤다.

리디아

비통한 죽음을 맞이한 《용사》라 불린 대영웅. 과거로 날아간 아드 일행은 그녀와 만나게 되고……

3

카토 묘진
Illust.＝미즈노 사오
Presented by Myojin Katou
and Sao Mizuno

사상 최강의 대마왕, 마을 사람 A로 전생하다

The Greatest Maou Is
Reborned To Get
Friends

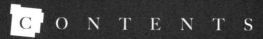

CONTENTS

The Greatest Maou Is Reborned To Get Friends 3
Presented by Myojin Katou and Sao Mizuno

표지 · 본문 일러스트
미즈노 사오

제38화 전직《마왕》님, 수학여행을
즐기……는 줄 알았건만

푸르른 하늘에 떠오른 태양이 대지를 찬란히 비추었다.

여름 끝자락에 다가가는 마도 제국의 어느 지방.

동일한 간격으로 이어지는 마차 무리가 길가를 평온하게 거닐었다. 주위에는 평화로운 광경이 펼쳐져 있었고, 차 안에는 그것과 비슷하게 온화한 목소리가 흘렀다.

"앗! 또 광룡왕 카드야! 올리비아! 너 속임수를 쓴 건 아니겠지?!"

"흥. 자신의 부족함을 남 탓으로 돌리지 마라, 미숙하긴."

"그보다 도둑 잡기도 질리네."

"다음은 카드가 아닌 게임을 해볼까요? 도착하려면 아직 멀었으니까요."

동승한 이는 올리비아, 실피, 지니 그리고 우리의 이리나.

그녀들은 사이좋게 카드 게임을 즐겼다.

그나저나 엘자드 녀석은 이 시대에서도 악명 높다더니, 설마 카드 게임에서도 악역일 줄이야.

이쯤 되면 과거의 적이라지만 불쌍하게 느껴진다.

……어찌 됐든.

지금 우리는 수학여행을 가고 있다.

수학여행이라고 하면 어쩔 수 없이 전생의 기억이 떠오른다.

《마왕》이라 불리던 시절, 나는 정체를 숨기고 서민이 다니는 학교에 입학했는데 그곳에서도 수학여행과 같은 행사가 있었다.

수학여행이라면 역시 친구와의 추억 만들기라든가 이성과의 건전한 러브 로맨스를 기대하지 않을까. 물론 당시의 나도 무척 기대했었다.

무척이나 기대한 결과 혼자서 지내는 꼴이 됐다.

어떻게든 같이 놀 친구를 만들려고 사전에 이것저것 지나치게 노력한 탓이겠지.

노력은 완벽하게도 헛돌아 나는 반에서 인기인이 되기는커녕 따돌림을 당하고 말았다.

『넌 갑갑하다고.』당시 반의 중심적인 존재였던 마이클이 내린 내 평가였다. 당시의 내가 어지간히도 짜증이 났던 거겠지.

그 탓에 수학여행에 좋은 추억은 눈곱만큼도 없다. 떠올리는 것만으로도……

"어, 어라? 아드, 왜 그래? 눈물이 고인 것 같은데……"

"신경 쓰지 마세요. 그저…… 저 역시 눈 부신 태양이 싫을 때가 있을 뿐입니다."

마이클은 태양 같은 존재였다. 항상 반의 중심에 있었다.

수학여행 때도 그랬다. 그에 비해 나는…….

아니, 이제 그만 떠올리자.

인간은 과거에 사로잡혀선 안 된다. 지금을 바라보며 살아가는 것이 중요하다.

과거의 나는 죽음을 선택할 정도로 고독했지만 지금은.

"저기, 아드 군. 이번 여행 말인데요, 숙소 근처에 바다가 있다고 해요. 자유 시간 때 같이 헤엄치지 않을래요? 이럴 때를 위해 엄청난 수영복을 준비했거든요♡"

풍만한 가슴을 보여주려는 듯이 몸을 굽히고 다가오는 지니.

"그럼! 나도 같이 갈래! 마침 아드에게 수영을 배우고 싶었으니까!"

옆에 앉은 이리나가 내 팔을 당겨 자신의 가슴에 밀착하고는 위협하듯 지니를 노려보았다. 마치 주인을 빼앗길까 걱정하는 강아지 같았다. 진짜 귀엽다.

"어, 어쩔 수 없네! 나도 같이 가줄게!"

실피가 하얀 뺨을 어렴풋이 붉게 물들이며 외쳤다. 솔직히 이녀석이 따라오면 성가신 일이 벌어질 것 같으니 사양하고 싶다.

"흥. 수영이라."

생각에 잠기듯 천장을 바라보는 올리비아. 너는 절대로 따라오지 마라. 절대로다.

……뭐, 이런 식으로 전생과 비교하면 주변이 떠들썩해졌다.

지금까지 많은 일이 있었지만 지금 나는 무척 행복하다.

이대로 평온하고 무사히 시간이 흐르기를 간절히 바란다.

……그렇게 생각했을 때였다.

"노는 것도 좋지만, 이건 어디까지나 수업의 일환이라는 사실을 잊……."

올리비아가 말하는 도중에 입을 멈췄다.

뭔가 신경 쓰이는 점이라도 있었던 걸까? 그녀의 얼굴로 시선을 돌렸다.

순간 나는 당황했다. 올리비아가 입을 벌리고 조금도 움직이지 않았기 때문이다.

"……올리비아 님? 왜 그러십니까?"

말을 걸어도 대답이 없다.

마치 시간이 멈춘 것만 같은 모습에 더욱 당혹스러워졌다.

……아니, 잠깐.

실피의 얼굴을 본 순간, 내 안에서 당혹감이 경계심으로 바뀌었다.

"자, 잠깐? 실피? 어이~."

그녀의 눈앞에서 이리나가 손을 흔들었지만…… 아무런 반응이 없다.

실피도 올리비아처럼 눈 하나 깜짝하지 않고 굳어버렸다.

마치 시간이 멈춘 것처럼.

"마, 마차도 이상한데요……?!"

지니의 떨리는 목소리에 창문 밖을 보았다. 아까까지 천천히, 하지만 확실한 속도로 나아가던 마차 또한 멈춘 모양이다.

이상 사태가 발생해 나는 날카롭게 입을 열었다.

"이리나, 지니. 조심하세요. 이건 아마도 《마족》의……."

습격입니다, 하고 말하려는 직전.

내 의식이 아무런 징조도 없이 어두워지더니——.

잠시 후, 나는 새까만 공간에 서 있었다.

"뭐, 뭐야, 여긴……?!"

"괘, 괜찮아요……! 아, 아드 군이 있으면……!"

이곳에 있는 것은 나만이 아니었다. 바로 옆에 이리나와 지니의 모습이 있었다.

두 사람 모두 이상 사태로 인해 두려운지 몸을 떨고 있었다. 그런 두 사람에게 용기를 불어넣고자 말을 걸려 했지만.

"잘…… 왔다…… 선택받은…… 자들이여……."

고요함 속에서 앳된 목소리가 울렸다.

우리는 동시에 재빠르게 그쪽으로 시선을 돌렸다.

그곳에 어떤 어린아이가 서 있었다.

나이는 열 살 정도일까. 어깨까지 기른 옅은 하늘색 머리카락과 반짝이는 장신구가 인상적이었다. 앳된 탓인지 중성적인 모습은 남자로도, 여자로도 보였다.

외모는 사랑스러운 어린아이. 그러나…… 그 본성은 무언가다른 것인 것 같았다.

"당신은 《마족》입니까?"

질문하자 어린아이는 이쪽을 보지도 않고 그 졸린 듯이 가늘게 뜬 눈동자로 허공을 바라보며 이렇게 답했다.

"사람은 알지 못하는 것을…… 마(魔)라 하지. 그런 의미라면나는 《마족》……일지도 모른다. 그러나…… 본질을 보면……나는 《마족》이 아니다."

"그럼 누구입니까?"

"너희의 말로 바꿔…… 표현하자면…… 신이라는 말이 적당할지도 모른다."

신. 그 한마디에 우리는 똑같은 얼굴이 됐다. 즉 의아한 표정이었다.

신. 신이라고? ……평소라면 거들떠보지도 않을 말이다. 그러나 지금 상황으로 볼 때 신빙성이 전혀 없다고 여길 수는 없었다. 그렇다고 전면적으로 믿을 수도 없지만.

"……뭐, 좋습니다. 당신은 적어도 《마족》이 아닙니다. 지금은 그렇게 해두겠습니다. ……그래서 당신은 우리에게 무엇을 원합니까?"

이 질문에 자칭 신이라는 어린아이는 아까와 마찬가지로 담담한 모습으로 이쪽을 보지도 않고 답했다.

"세계는 무수히 많아…… 미래와 과거도 계속해서 무한히 분열되는 것…… 하지만 특이점이 발생한다면 이야기가…… 달라진다."

"……저."

"운명을 초월하고…… 세계를 바꾸어…… 그 결과 생겨난 것은…… 혼돈인가, 광명인가."

"잠시만."

"흘러간 시간은…… 돌아오지, 않는다……. 그것이 운명……이지만, 그 특이점은…… 그것을 뒤집으려 한다."

"죄송하지만 우리도 알 수 있도록 설명해주시겠습니까? 당신의 말투가 지나치게 시적이라……."

"특이점을…… 없애주었으면 한다……. 《마왕》과의 재회는…… 네 세계를 크게 뒤흔들어…… 어느 한쪽이, 사라진다. 나는 네가 남기를 바란다……."

"아니요, 그러니까. 사람이 하는 말을……."

미간을 찌푸리며 호소했지만 이 자칭 신이라는 어린아이는 정말이지 말을 들을 생각이 없는 듯했다.

"그럼…… 잘 다녀오거라……."

내 목소리를 끊듯이 일방적으로 이어진 말.

그리고 자칭 신인 어린아이가 무표정인 채 무기력하게 손을 들었고…….

이번에도 시야가 돌변해 검게 물들었다.

잠시 후.

내 의식은 다시 눈을 떴고…… 그와 동시에 당혹감이 가슴 속을 지배했다.

"이건……."

나도 모르게 목소리가 나왔다.

그것은 나만이 아니었다.

"뭐, 뭐야, 이 상황은?"

"인간은 너무나도 이해하기 어려운 급전개를 맞이하면 머리가 아파지나 보네요."

이리나와 지나가 함께 식은땀을 흘리며 불안한 듯이 주위를 둘러보았다.

우리의 시야에 펼쳐진 광경. 그것은 밤의 황야였다.

달빛에 비친 황야 곳곳에는 커다란 구멍이 뚫려 있었고…….

그 모습을 나는 알고 있었다.

아니, 설마.

내 안에서 생겨난 지금 상황의 해답을 부정함과 동시에.

"어. 아, 아니, 잠깐…… 어?"

이리나가 하늘을 올려다보며 눈을 빠르게 비비고서 입을 뻐끔뻐끔 움직였다.

나와 지나도 자연스럽게 밤하늘을 올려다본 결과.

나는 부정했던 답을 어쩔 수 없이 받아들여야 했다.

어두운 하늘에 떠오른 것은 두 개의 달.

현대에서는 있을 수 없는 광경이다. 고대의 어떤 사건으로 달이 하나가 됐으니까.

그렇다면 어째서 있을 수 없는 광경이 이 눈에 비친 것일까. 그 해답은 하나뿐.

아무래도.

"아무래도 우리는 고대 세계로 오게 된 모양이군요."

믿을 수 없는 현실을 앞에 둔 나는 진정 이렇게 생각했다.

어째서 이렇게 된 거냐고.

제39화 전직《마왕》님, 수학여행이 아닌 시간여행을 즐기게 되다

현대에서 정의하는 고대란,《바깥 자들》…… 현대에서 말하는《사신》의 습격부터《마왕》바르바토스가 그들을 섬멸할 때까지를 말한다.

이후는 신세기로 불리며 이 시대는 지금까지 이어진다.

그런 신세기의 역사학자들은 하나같이 고대 세계를 이렇게 말한다.

인류 사상 가장 농밀하고 낭만이 넘치는 시대였다고.

《사신》이라는 여전히 의문이 많은 존재의 습격. 동시에 발생한《마족》이라는 개념.

《마왕》바르바토스의 인류용 마법 개발.

수많은 영웅의 군웅할거. 인류 VS《마족》&《사신》.

인류사를 통틀어 이렇게나 중요한 시기도 없었을 것이다.

……그런 시대의 유력자로 태어난 사람으로서 그런 평가는 조금 복잡한 심경이지만.

어찌 됐든.

고대는 나를 포함해 수많은 사람에게는 흘러간 시대이며, 돌이켜볼 수밖에 없는 것이다.

……바로 몇 분 전까지 나는 그렇게 생각했다.

설마 다시 고대 세계의 땅을 밟게 될 줄이야.

……적지 않은 동요가 내 마음속을 채웠다.

나조차 그러니 이리나와 지니는.

"고, 고대 세계에 왔다니……."

"아무리 그래도 이런 일이……."

강한 당혹감과 불안이 표정에서 엿보였다. 그런 감정들 탓에 그녀들은 현실을 직시할 수 없어 보였다. 이럴 때 상황을 알려 주려고 이야기를 나누어도 의미가 없다.

지금은 이 자리에서 벗어나는 것이 최우선 사항이다.

"제 기억이 옳다면 지금 있는 곳은 아마도 《마왕》님이 다스리던 대국, 바르디아 제국의 마키나 지방으로 여겨집니다. 자세한 시대는 알 수 없지만…… 안심하세요. 제가 있는 한 위험 요소는 없습니다."

당당하게 선언해 안심감을 주려 했지만 두 사람은 쭈뼛쭈뼛 끄덕일 뿐.

어쩔 수 없겠지. 두 사람의 심리적 문제는 시간이 해결해줄 것이다. 시간이 흐르면 어쩔 수 없이 적응해야 한다. 인간은 그렇게 만들어졌다.

……아니, 적응하지 않으면 곤란하다.

그렇지 않으면 살아남을 수 없다.

두 사람에게는 어느 정도 여유 있는 상황처럼 말했지만, 사실 지금 상황은 최악이라 할 수 있다.

이곳은 마키나 지방에 있는 수행지로 유명한 곳일 것이다. 아마도 이름이 돌아오지 않는 황야였지. 이 토지에는 강력한 마물이 많이 서식해 밖에서 들어온 이를 집요하게 공격한다.

인간이 찾아오면 그 대부분은 마물의 위장에 들어가거나 토지의 양분이 된다.

따라서 돌아오지 않는 황야라 불리게 되어 젊은 전사를 육성하기에 최고의 장소로 이용되었다. 아니…… 이용했다.

이곳을 신인 육성의 땅으로 정한 것은 바로 나다.

그렇기에 안다. 이리나와 지니 같은 현대인에게 이 토지는 지옥이나 다름없다는 사실을.

"그럼 앞으로의 방침을 정할까요. 우선 이 일대에서 탈출하죠. 이곳은 마물이 많이 서식해서 상당히 성가신 곳입니다. 마물은 짐승과는 다르게 밤낮을 가리지 않고 활발하게 움직이니…… 일반적인 모험 교범이 통하지 않습니다."

짐승만이 서식하는 위험 지대라면 이럴 때 아침이 오기를 기다려야 한다. 아침부터 낮이라면 야생 동물의 위협이 절반으로 줄기 때문이다.

그러나 앞서 이야기했듯이 이곳은 그런 정석이 통하지 않는다.

따라서 밤낮 가리지 않고 계속 걸어 서둘러 탈출해야 한다.

"별의 위치로 볼 때…… 정면이 북쪽이군요. 그렇다면 한동안 똑바로 나아갑시다. 북쪽으로 계속 걸으면 도시에 도착할 겁니다."

생긋 미소 지었지만 역시 두 사람의 표정은 밝아지지 않았다. 여전히 지금 꿈을 꾸고 있는 것이 아닐까 생각하는 것 같기도 했다. 그러나 그 점을 언급할만한 상황도 아니다. 나는 억지로 이야기를 진행했다.

"그럼 우선 옷부터 어떻게든 할까요. 만에 하나 다른 사람과 만났을 때 교복을 입고 있으면 수상하게 여길 테니까요."

나는 말이 끝나자마자 물질 변환 마법을 발동했다.

이리나, 지니 그리고 내 정면에 복잡한 기하학 문양 마법진이 출현. 그것이 다가와 온몸을 통과한 직후 우리 옷은 일반적인 가죽 갑옷으로 변했다.

이거라면 일반 모험가로 보여 수상히 여기지 않을 것이다.

그렇게 됐으니 출발이다.

고대의 상식으로 보자면 이럴 때는 음속과 비슷하거나 그 이상의 속도로 질주해 빠르게 이곳을 빠져나가야 하지만…… 이리나와 지니에게 그것을 바랄 수 없다.

현대와 달리 고대 세계는 《마소》의 농도가 상당히 높아 전사의 질과 마물의 질도 크게 다르다. 이 시대의 가장 약한 마물 조차 현대인이 토벌하려면 대형 기사단을 파견해야 할 것이다.

……그런 세계에서 지금 내가 이 두 사람을 지킬 수 있을까.

커다란 불안을 품고 있을 때, 이리나가 불쑥 입을 열었다.

"……그 아이, 대체 누구일까?"

"신, 이라고 했었죠……."

대화를 주고받는 두 사람의 얼굴은 아까보다 많이 좋아졌다.

느리지만 확실히 상황을 받아들이고 있었다.

어찌 됐든. 그 자칭 신의 정체는 나도 고개를 갸웃할 수밖에 없다.

"그, 혹은 그녀는 지금 고려할 사항이 아닌 것 같습니다. 아마도 정확한 해답은 나오지 않을 테니까요. 다만…… 마지막에 했던 말은 생각할 가치가 있겠군요."

"음, 그러니까…… 특이점이 어떻다는 둥, 《마왕》님이 어떻다는 둥 말했지?"

이리나의 말에 고개를 끄덕인 나는 입을 열었다.

"특이점이라는 말이 무엇을 가리키는지는 모르겠습니다. 다만 그 자칭 신이라는 어린아이는 그 특이점이라는 것을 우리가 제거해줬으면 한다고 의뢰했습니다. 그건 분명하겠죠. 그리고 아마도……."

"그 특이점을 처리한다면 우리는 원래 있던 시대로 돌아갈 수 있다는 말일까요?"

조심스럽게 말을 잇는 지니에게 수긍의 뜻을 보였다.

"아마 그럴 겁니다. 따라서 우리의 최종 목표는 특이점 제거가 됩니다. 다만 우리는 중요한 특이점이라는 것이 어떤 것인지 모릅니다. 따라서 지금은 또 다른 목적을 이루는 것을 우선시해야 할 겁니다."

"또 다른 목적?"

"네. 그 신을 자칭하는 자는 《마왕》과 만나라는 말을 했습니다. 아마도 《마왕》님을 알현하는 것으로 상황이 진전될 것 같군요."

"마, 《마왕》님을 알현해······?!"

지니의 얼굴이 돌처럼 굳어버렸다. 옆을 보니 이리나도 똑같은 얼굴이었다. 이런 반응도 무리가 아닐지도 모른다. 두 사람에게 《마왕》 바르바토스란 신화 속에서만 존재하는, 말하자면 허구에 가까운 느낌일 것이다. 그런 인물을 만나러 간다니 맨정신에 할 일이 아니다.

······실제로는 이미 《마왕》 본인과 마주하고 있지만.

"마왕과 만나는 것. 그것이 첫 번째 목표입니다만······."

어떻게 하면 이룰 수 있을까.

그걸 언급하려던 순간이었다.

"으, 으아아아아아아아아아아아아아!"

용맹함이 느껴지는 외침이 귓가를 때렸다.

······아무래도 벌써 성가신 일이 벌어진 모양이다.

"어, 어쩐지 급박해 보이는 목소리죠?"

"분명 누군가가 마물의 공격을 받았을 거야! 구해주러 가야 해!"

겁에 질린 지니에 반해 이리나의 미모에는 용기가 깃들었다.

이 두 사람을 생각하면 당사자를 내버려 두는 것이 좋을 것이다. 그러나······.

그랬다간 이 두 사람의 기대를 배신하게 된다.

아드 메테오르는 이 두 사람에게 항상 영웅이어야 한다.

"······좋습니다. 현장으로 가죠."

그렇게 말한 동시에 질주해 어둠을 가로질렀다.

다행히도 목소리의 주인과 우리의 거리는 그리 멀지 않았다.

이내 목소리의 주인이 처한 상황이 눈동자에 들어왔다.

"제기이이이이이이이이이일!"

절규하는 목소리의 주인, 그것은 아직 앳된 소녀였다.

우리와 마찬가지로 가죽 갑옷을 입은 것으로 보아 모험가일까.

그런 그녀의 늠름한 얼굴은 지금 피로와 공포로 얼룩졌고, 하얀 피부 대부분이 붉은 피로 물들었다.

원흉은 역시 마물이었다. 그것도 다수.

아무래도 마물 집단과 조우한 모양이었다.

그렇게 내가 냉정하게 상황을 파악하는 동안.

"뭐, 뭐야, 저 괴물은……?!"

경악하는 이리나. 그 옆에서 지니는 목소리도 나오지 않는지 말이 없었다.

무리도 아니다. 고대 세계의 마물은 현대와 비교할 수 없을 정도로 강력하다.

놀란 이리나와 지니의 옆에서 나는 턱에 손을 얹고 생각한 뒤 입을 열었다.

"흠. 상대는 데스 스팅거 집단이겠군요."

"어, 데, 데스 스팅거? 저게?"

"제, 제가 아는 것하고는 전혀 다른데요……."

현대에서 데스 스팅거라는 마물은 높이 50셀치 정도의 전갈과 비슷한 마물이다. 위압감은 제법이지만 그 움직임이 상당히 느려 위협적인 것은 꼬리 끝의 침과 거기서 나오는 독뿐이지만.

그것은 《마소》 농도가 낮아진 탓에 열화했기 때문이다.

고대 세계의 데스 스팅거는 높이가 6메릴을 넘는 거구다.

가진 무기는 현대와 마찬가지로 침과 독이지만…….

"샤아아아아아아아아!"

집단 중 한 마리가 기이한 목소리를 내며 꼬리를 들고서 그 끝에 달린 침을 소녀에게 겨눴다.

순간 침 끝에서 맹독이 발사됐다.

현대의 개체라면 '퓨웃' 하는 의성어가 어울릴 것 같은 모습으로 보라색 액체가 발사되는데…….

고대의 데스 스팅거는 '슈파아아아아!' 하는 굉음과 함께 초고압으로 맹렬히 발사하기 때문에 얼핏 광선처럼 보이기도 했다.

"크윽!"

소녀는 소리보다 빠르게 몸을 도약해 간신히 독을 회피했다.

표적을 놓친 맹독은 소녀 대신 대지와 충돌…… 곧바로 작은 폭발이 일어났다.

고대 세계의 독은 무언가와 충돌하면 대부분 폭발한다.

이제부터는 소녀와 데스 스팅거 집단의 투쟁이 되풀이될 터인데…….

이리나와 지니는 입을 떡하니 벌린 채 조금도 움직이지 않았다.

고대 세계의 표준을 보고서 깜짝 놀랐을 것이다.

뭐, 어쩔 수 없는 일이다. 음속 수준의 속도로 움직이는 소녀와 괴물 집단. 이 한마디만으로도 현대인으로서는 너무나도 황당무계한 일이다.

그러나 내가 볼 땐 일상적인 광경에 불과했다.

마치 고향으로 돌아온 것처럼 알 수 없는 안심감이 드는 것과 동시에 나는 한 발자국 앞으로 나섰다.

"이대로는 당하겠군요. 괜한 참견일지도 모르지만…… 도와주지요."

이 시대에서 내 힘이 어느 정도 통할지 시도해보고 싶기도 하다.

데스 스팅거 집단은 시험 상대로 적당한 존재라 할 수 있다.

"그럼 우선 반응 파악부터."

선택한 마법은 뇌 속성 중급 마법 《라이트닝 필드》.

이것은 마찬가지로 중급 공격 마법인 《라이트닝 블래스트》의 파생이자, 이름 그대로 광범위하게 번개를 떨어뜨려 제압, 섬멸용 마법이다.

그것을 무영창으로 발동함과 동시에 데스 스팅거 집단의 머리 위, 어두운 하늘에 수많은 마법진이 나타나서는——.

곧바로 황금빛 번개가 마물들에게 떨어졌다.

빠짐없이 모든 번개가 직격했다.

나로서는 이 일격은 정말로 반응을 확인해보려는 것이었는데.

"흠. 이건 예상 밖이군요. ……설마 이 정도로 끝나버릴 줄은."

《라이트닝 필드》를 맞은 데스 스팅거 집단은 슈욱 소리와 함께 연기가 피어오르며 침묵했다. 그 모습으로 볼 때 모든 개체의 목숨이 끊겼을 것이다.

그런 마물들의 중심. 아까까지 필사적이었던 소녀가 멍한 얼굴로 중얼거렸다.

"데, 데스 스팅거 무리를 일격에……?!"

어째서인지 기시감이 드는 말이다. 그러고 보니 이리나와 처음 만났을 때도 비슷한 상황이었지.

나는 과거를 돌이키며 소녀에게 말을 걸려 했지만.

입을 연 순간이었다.

엄청난 중압감이 뒤에서 갑자기 발생했다.

이 느낌은 설마…….

어떤 인물의 얼굴을 뇌리에 떠올린 나는 식은땀을 흘렸다.

그리고 조심스럽게 뒤를 돌아보니──.

"흥. 네놈, 실력이 제법이군."

다름 아닌 어둠 속에 선 사람은 사천왕 중 한 명이자, 내 누나라 할 수 있는 사람.

올리비아 벨 바인이었다.

"""오, 올리비아 님?!"""

세 사람의 목소리가 동시에 울렸다. 이리나, 지니 그리고 아까 구해준 소녀의 목소리였다.

추측하건대 소녀는 올리비아의 제자가 아닐까. 그래서 방금 나타난 그녀의 이름을 말해도 아무런 위화감이 없었다. 그러나…… 이 올리비아가 보기에 이리나와 지니가 마치 아는 사람처럼 자신의 이름을 부른 사실은 수상쩍었겠지.

그녀는 미간을 찌푸리며 팔짱을 끼더니 이리나와 지니에게 날카로운 시선을 보냈다.

"……나는 네놈들을 모른다. 어째서 그런 눈으로 보지?"

이리나와 지니의 시선에는 확실히 친애의 감정이 담겼을 것이다.

그러나 이 올리비아에게는 그것이 통할 리가 없다.

우리가 아는 현대의 올리비아와는 다른 사람이니까.

그것은 용모를 봐도 확연했다.

현대의 올리비아는 항상 교직원용 의상을 움직이기 쉽게 대범하게 개조해서 입는데, 이 올리비아는 무척이나 가벼워 보이는 검은색 옷을 입고 있었다.

또, 현대의 올리비아와 비교해 조금 젊었고 내뿜는 기척도 어딘가 거칠고 미숙했다.

길고 매끄러운 검은 머리카락도 현대와는 달리 말총머리로 묶었고, 그것이 젊음을 더욱 강조하는 것만 같았다.

"어, 저기, 그게."

"저, 저희는, 그러니까."

두 사람 모두 복잡한 표정으로 식은땀을 흘렸다.

심정은 이해한다. 친한 사람과 재회한 줄 알았는데, 그것이 동일 인물인 동시에 다른 사람…… 이런 체험을 하면 당황하는 것이 당연하다.

나도 조금은 당혹스럽다. 그러나 그것을 드러내선 안 된다.

전혀 동요하지 않는 것처럼 행동해야 한다. 나는 언제까지고 이 두 사람의 정신적 버팀목이어야 한다. 동요하는 모습을 보여 줄 수는 없다.

그리고…… 태연한 모습을 유지하는 것은 두 사람을 위해서 만이 아니라 앞날을 위해서이기도 하다.

"죄송합니다, 올리비아 님. 이 두 사람은 당신의 명성에 선망 과 동경을 품고 있습니다. 그래서 과도한 친밀감을 보인 듯합니 다. 부디 용서를."

"……호오."

짧게 중얼거리고서 바로.

올리비아의 온몸에서 엄청난 투기와 살기가 뿜어졌다.

대기가 진동하고 피부가 저릿저릿했다.

"으, 아……?"

제일 먼저 엉덩방아를 찧은 것은 지니였다. 그리고 이리나와 소녀 순서로 뒤로 넘어지고 말았다.

세 사람 모두 말을 하지도 못한 채 그저 올리비아의 모습을 바 라볼 뿐.

절대적인 포식자의 날카로운 시선을 받는 불쌍한 초식동물 같 은 모습이다.

만약 올리비아가 현대의 인물이었더라면 나도 그녀들과 똑같 이 행동하며 연기해야 했을 것이다.

그러나 눈앞에 선 사람은 고대의 올리비아. 그렇다면 내가 할 선택은 하나다.

"역시 사천왕의 한 분. 살기만으로도 적을 없애실 것 같군요."

"……동요하지 않는군."

"네. 이 정도로는."

"자신의 역량에 상당한 자신이 있나 보네."

"아니요, 그 정도는 아닙니다. ……다만 자신을 평범한 사람으로 여긴 적도 없습니다."

태연히 말하니…… 올리비아의 기백이 한층 강해졌다.

"윽……."

역시나 이것은 견디지 못했는지 지니를 시작으로 세 사람이 일제히 정신을 잃었다.

반면 나는 산뜻한 얼굴을 유지하며 미소조차 떠올렸다.

그런 태도를 본 올리비아는 내가 예상한 결론을 꺼낸 듯했다.

"……너, 이름은 뭐지?"

"아드 메테오르라고 합니다."

"그래. 그럼 아드 메테오르."

올리비아는 날카로운 눈으로 이쪽을 바라보며 짧게 말했다.

"우리 군에 들어와라."

이 요청에 나는 내심 미소를 지었다.

설마 이런 전개가 벌어질 줄이야. 너무나도 좋은 상황이라 웃음이 나왔다.

나는 입술이 실룩이려는 것을 필사적으로 참으며 답했다.

"감사히 받아들이겠습니다. 오늘부로 제 인생은 폐하께 바치겠습니다."

고개를 숙이자 올리비아는 살기를 없애고 끄덕였다.

그러나.

"하지만 올리비아 님. 군적에 올리기 전에 두 가지 조건을 요청하고 싶습니다."

곧바로 한 말에 올리비아는 다시 험악한 분위기가 됐다.

"……네놈은 정말이지 배짱이 두둑하구나."

"네. 저 같은 인간은 당신께서도 좋아하는 부류겠죠?"

무척이나 무례한 태도지만 올리비아는 신경 쓰지 않을 것이다. 오히려 기분 좋아 보였다.

그 증거로 수인족 특유의 귀와 꼬리를 살랑살랑 흔들었다.

표정은 험악했지만 이거면 됐다. 이 녀석은 반대로 웃는 얼굴이 위험하다.

이 사람과는 벌써 천 년 이상 함께 했다. 어떻게 하면 환심을 살지 누구보다도 잘 알고 있다. 그래서——.

"좋다. 말해 봐."

이쪽 요구가 반드시 통하리라 믿었다.

내가 제시한 두 조건은…… 우선 첫 번째로 이리나와 지니의 입대 허가.

"……이 두 사람은 금방 죽을 거다. 그래도 상관없나?"

"아니요. 그렇지 않을 겁니다. 제가 반드시 지킬 테니까요."

올리비아는 코웃음을 치며 다음을 재촉했다.

"두 번째 조건, 그것은…… 우리를 베다 님 직속으로 배속해 주십시오."

"뭐?"

당황한 올리비아. 그녀는 팔짱을 끼고서 이해할 수 없다는 눈으로 이쪽을 보았다.

"네놈은 자신이 한 말의 뜻을 알고 있는 건가?"

"네, 물론입니다."

"……네놈 정도의 전투 능력을 지닌 자가 후방 지원을 바라는 건가?"

"무엇보다 야심이 없으니까요. 그리고 이렇게 보여도 저는 초보 마법 학자입니다. 무력이 아니라 지력으로 폐하를 모시고 싶습니다."

미간을 찌푸리며 고민하는 올리비아. ……심정은 이해한다. 정말 깊이 이해한다.

나도 그 베다 밑에서 일하고 싶다는 녀석을 보면 제정신인지 의심할 것이다. 그러나 무척이나 모순되게도 그 베다 밑에서 일하는 것이야말로 안전을 확보하는 점에서는 가장 확실한 선택이다.

그렇지 않으면 그 베다 밑에서 일하는 것은 죽어도 사양할 것이다.

"……하아. 좋다. 내 권한으로 네놈들을 녀석의 직속에 넣어 주지."

올리비아는 아름다운 얼굴에 의아한 심정을 담으면서도 이해해 준 듯하다.

뭐랄까, 상당히 좋은 전개다. ……이 상태라면 혹시.

"그런데 올리비아 님. 만약 저를 유망주라 여기신다면……
한 가지 더 부탁드리고 싶은 것이 있습니다."

"여기까지 와서 더 요구하겠다고. ……뭐 좋아. 말해봐라."

불만스러운 얼굴이지만 사실 반대로 호감을 산 것이다.

어쩌면 예상한 과정을 몇 단계 뛰어넘을 수도 있지 않을
까……?!

희망적인 관측을 품고서 말했다.

"폐하와 알현을 허락해주시겠습니까?"

순간.

"그 요구의 의도를 들어볼까."

침착한 목소리, 그러나.

그 표정에는 미소가 떠오르고 온몸에서 방금까지와는 비교할
수 없는 위압감이 뿜어졌다.

확연한 거부 반응에 내심 혀를 한 번 찼다.

뭐, 이렇게 반응할 가능성이 크다고 생각했지만.

올리비아의 옷차림으로 볼 때 우리가 온 시대는 내가 《마왕》
이라 불리기 시작하고 얼마 안 됐을 때다.

이때는 이것저것 성가신 일이 잇달아 일어나 나와 올리비아의
경계심이 무척이나 강했었다.

따라서 우리의 정체를 밝히고 협력을 요청해도 믿지 않을 것
이다.

그렇게 결론지은 나는 올리비아의 질문에 답했다.

"특별한 의도는 없습니다. 다만…… 경애하는 폐하의 존안을

한 번이라도 볼 수 있다면 더할 나위 없는 명예와 행복이라고 생각하는 것뿐입니다.”

“……그 녀석을 만나고 싶다면 열심히 활약해. 그렇게 신용을 쌓아라.”

역시 그럴 수밖에 없나.

베다의 부하가 되어 안전을 확보하며 공적을 올리며 적당히 돋보인다.

《마왕》, 다시 말해 이 시대의 나를 만날 방법은 그것밖에 없을 것이다.

나는 앞으로의 일을 생각하며 살짝 한숨을 쉬었다.

제40화 전직《마왕》님과 복잡한 재회

그 후.

기절한 이리나와 지니를 깨워 올리비아와 함께 이동을 시작했다.

그 여정은 무척이나 유유자적했다. 전성기의 올리비아가 함께 있으니 어떤 마물이 공격해도 아무런 위협이 되지 않는다.

"아. 어, 어느 틈에 마물이 쓰러진 거지……?!"

"대, 대체 어떻게 된 건가요……?!"

이리나와 지니는 전혀 이해하지 못했다.

올리비아가 줄곧 한 행동은 단순 명쾌하다.

다시 말해 초고속 발검술이다. 빠르게 검을 뽑아 휘두르는 것으로 풍압을 만들어 표적을 절단한다. 그저 그것뿐이다. 그러나 두 사람은 올리비아의 행동이 너무나도 빨라 다가오는 마물들이 멋대로 쓰러지는 것처럼 보였을 것이다.

나도 방심하면 올리비아의 움직임을 인식할 수 없을 때가 있다.

역시나 전성기라고나 할까.

그렇게 무척이나 안전한 여정을 거친 끝에 우리는 목적지에 도착했다.

전선 도시 에텔.

이름대로 이곳은 전선에 자리 잡은 대형 도시로 어엿한 성새 도시이기도 하다.

현대와는 다르게 고대 세계는 전쟁이 일상인 탓에 모든 도시가 견고한 벽을 쌓아두는데…… 에텔에 설치된 벽은 이곳 일대를 다스리는 영주이자 희대의 천재 마법 학자 베다가 만든 것. 그래서 국내에서도 최고봉의 견고함을 자랑한다.

그런 궁극의 견고함을 지닌 벽의 보호를 받는 도시의 모습은 당연하게도 현대와는 크게 다른 면이 있었다.

"뭐, 뭐랄까……."

"우리, 정말로 고대 세계로 온 거군요……."

문을 지난 두 사람이 도시 내부를 보며 작은 목소리로 말했다.

현실을 완벽히 받아들였는지 두 사람 모두 힘이 없어 보였다.

그런 그녀들의 시선 끝에는 고대인의 활기와 오래된 건축물들이었다.

사람들의 얼굴은 현대와 그다지 다르지 않다. 종족 수가 다른 것도 아니다.

지금과 마찬가지로 인간이 인구의 대부분을 차지하고, 이 시대에서도 이리나 같은 엘프나 지니 같은 서큐버스는 드물다.

다만 복장은 현대와 크게 다르다.

현대에서 마을 사람이 입는 옷이라고 하면 화학 섬유 등으로 구성된 매끄러운 천으로 만든 것이 대부분. 그러나 고대에서는 삼베가 기본이다.

그 디자인도 한 장의 천으로 온몸을 두른 것으로…….

현대의 모습을 안다면 빈말로도 지적인 모습이라고는 할 수 없었다. 남자든 여자든 상당히 노출이 심한 그 모습은 정말이지 미개한 야만족과 같은 인상이었다.

또한 건축물도 현대의 미려하면서도 치밀하게 계산된 것과는 전혀 달랐다.

"어, 어쩐지 블록만 대충 쌓아서 지은 것 같네."

"어떻게 지은 걸까요……?"

이리나의 말대로 이 시대의 건축물은 기본적으로 네모난 대형 석재 블록을 쌓아서 무척 간소하다. 일부 예외는 있지만 서민의 집은 모름지기 석재 블록이라고 단언해도 좋다.

만드는 방법은 무척 간단하다. 우선 물리 변환 마법으로 흙을 석재 블록으로 바꾼 뒤, 그것을 건축용 마법을 써서 상상한 모양으로 조립하는 것뿐이다.

이러한 마법은 현대에서 불가능 기술 중 하나로 배우지만, 고대에서는 어른이라면 누구나 쓸 수 있는 간단한 마법이다.

이러한 사정도 있다 보니 이 시대에서는 건축가라는 직업이 존재하지 않는다.

"……뭘 중얼거리고 있어. 빨리 가지."

"아, 네!"

"죄, 죄송해요, 올리비아 님!"

성큼성큼 걷는 올리비아를 다급히 따라가는 이리나와 지니.

상당히 위축됐다. 인간관계 또한 고대와 현대는 다르다는 건가. 나로서는 이쪽 올리비아가 신경 쓰지 않아도 되는 만큼 무척 편하지만, 이리나와 지니는 학생을 배려하는 자상한 올리비아가 그리울 것이다.

뭐 하지만.

"야, 은발. 너무 두리번거리지 마. 촌뜨기라고 생각해서 소매치기당할 거야."

"아, 네!"

"야, 핑크. 고개 숙이면서 걷지 마. 불안하면 친구를 의지해."

"으, 아아아, 네!"

사실 이쪽 올리비아도 근본은 다르지 않다. 실제로는 어린아이를 좋아하고 잘 돌봐주는 자상한 성격이다.

그런 그녀와 그녀의 제자에게 안내를 받은 끝에.

우리는 최종 목적지인 베다의 저택 겸 연구실 앞에 도착했다.

나라의 최고위에 이름을 두는 사람이 사는 곳이다 보니 부지 면적이 무척이나 넓었다.

그런 베다의 개인 영역을 지키는 문은…… 지키는 병사가 한 명도 없었다.

단단히 닫혀야 할 문은 오히려 우리가 다가간 순간 자동으로 열렸다.

오는 사람은 거절하지 않는다는 베다의 정신을 표현하는 듯한 입구였다.

"……내가 안내하는 건 여기까지다. 뒷일은 너희가 알아서

해. 나는 내 영지로 돌아가 이 녀석을 다시 단련시켜야 하니까."

차가운 말을 던진 올리비아는 곧바로.

"그 녀석을 만나면 바로 내가 쓴 소개장을 보여줘. 그럼 막 대하지는 않을 거다. 잘 들어, 소개장을 제일 먼저 보여줘야 해. 알았지?"

우리를 걱정했는지 무척이나 강조했다. 그런 자상한 누님께 인사를 하자, 그녀는 조금 불안해하면서도 고개를 끄덕이고는 제자와 함께 떠났다.

그 뒷모습을 지켜본 뒤, 이리나와 지니는 다시 문을 보고서 중얼거렸다.

"……베다 님은 어떤 사람일까?"

"영웅담에서는 무척이나 성실한 장인 기질인 분이었는데요…… 분명 실제로는 다르겠죠……."

그래, 맞아. 절대로 너희가 생각하는 사람은 아닐 거야.

현대에 전해지는 베다의 인물상은 대략 '천재 마법 학자'라든가 '마왕군을 뒤에서 지탱한 유력자'라든가, 고루한 인상을 받는 것이 대부분이다.

또한 세계적인 베스트셀러가 됐다는 《마왕》을 주인공으로 한 영웅담에서는 '무척 신경질적이지만 기본적으로는 호호할아버지 같은 늙은 학자'로 그려져 있다.

학문에 열정적이고 《마왕》에 충성을 바치며, 평화를 위해 마도의 궁극에 달하려는 숭고한 학자. 후세에 전해지는 베다의 인물평은 대부분 그런 느낌이지만, 정체를 아는 사람으로서는 그런 평가를 꺼낸 사람에게 소리 높여 말해주고 싶다.

웃기지 마, 이 멍청아, 하고.

"……이대로 서 있기만 할 수는 없겠죠. 이만 들어가죠."

내 말에 두 사람은 긴장 탓인지 식은땀을 흘리며 끄덕였다.

나도 같은 심정이다. 그 녀석하고 다시 만나는 것은 되도록 사양하고 싶다.

그러나 무척 유감스럽게도 베다의 곁에 눌러앉는 것이 가장 안전하다.

그 녀석이 이끄는 군부대는 기본적으로 후방 지원을 맡았다. 그보다 후방 지원밖에 할 수 없다. 그 녀석의 군부대 구성원은 대부분이 학자이자 연구자다. 거친 일에는 어울리지 않기에 전쟁 준비와 의료 활동 등을 중심으로 일했다.

그런 베다 군부대는 모든 군부대 중에서 가장 사망률이 낮았다. 반면 만약 올리비아의 군에 들어갔다면…… 이리나와 지니는 아무리 애를 써도 한 달도 버틸 수 없을 것이다.

또한 베다는 신의 영역에 도달한 두뇌라 불릴 정도의 천재다. 어쩌면 우리가 알고 싶은 정보, 특히 그 자칭 신도 알고 있을지 모른다.

그래서 베다로 정했다. 무척이나 싫지만. 정말이지 죽을 만큼 싫지만.

나는 정말이지 안타깝게 그지없게도 베다를 고를 수밖에 없었다.

"……잘 들으세요. 머릿속에 가장 황당무계한 사람을 떠올리세요. 아마도 실물은 그보다 심각할 테지만…… 아무것도 하지 않는 것보다는 좋을 겁니다."

아무런 정신적 준비도 하지 않고 그 녀석과 만나는 것은 여러모로 힘들다.

그것을 알기에 한 조언이었지만 두 사람은 무슨 말인지 이해하지 못한 듯했다.

잘 모르겠지만 일단 대답부터 하는 태도였다.

그런 일행을 데리고 문을 넘어 부지 안으로 들어갔다. 넓은 면적의 중심에는 거대한 사발 모양의 건물이 우뚝 세워졌고……

그 위에 '쌀 최고!'라고 적혀 있었다.

정말이지 벌써 짜증이 솟는다. 가능하다면 다른 곳으로 가고 싶다.

속 쓰림을 참으며 앞으로 나아갔다.

한 발, 두 발, 세 발. 걸음을 걸을 때마다 식은땀도 늘어났다.

그리고 그 녀석의 저택 겸 연구실의 앞까지 도달했을 때였다.

콰아아아아아아아아아아아아앙!

아무런 징조도 없이 눈앞의 괴상한 건물이 엄청난 폭발과 함께 산산이 조각났다.

""어?""

너무나도 갑작스러운 상황을 이해할 수 없었는지 이리나와 지니는 입을 떡하니 벌리고 눈을 깜박였다.

……아직 두 사람 다 멀었어. 지옥은 이제 막 시작됐을 뿐이야.

그렇다. 베다 지옥은 이제 막 시작됐다.

미간을 찌푸리고 군침을 꿀꺽 삼켰다.

그러자 다음 순간, 산더미처럼 쌓인 건물 파편 일부가 갑자기 날아가더니.

그을음 범벅이 된 소녀가 벌떡 일어났다.

"성~공~했~다! 역시 나라니까! 이번 실험도 완벽해!"

밝은 하늘을 올려다보며 소리쳤다.

그 모습은 뭐랄까, 기괴하기 짝이 없었다.

나이는 우리보다 조금 아래로 보였다. 어린아이라 해도 좋을 정도다.

무척이나 가녀리면서 작은 몸을 감싼 것은 학자의 증표인 백의.

그 모습은 무척이나 가련하다.

매끄러운 황금빛 머리카락을 양옆으로 묶어 트윈 테일 형태로 정리했다.

외견만 보자면 정말이지 귀여운 소녀지만…….

그런 그녀에게 이리나가 조심스럽게 다가가 말을 건넸다.

"너, 너는 베다 님의 딸이니? 아니면 손녀?"

"으응?"

소녀는 커다란 눈동자를 돌려 하늘을 올려다보던 자세 그대로 이리나를 보았다.

"음, 귀여운 손님이군. 무슨 일이야?"

"아니, 그게…… 베다 님께 볼일이 있었는데…… 지금 안 계시니?"

"흠~ 어쩐 일이래, 손님이라니. 자, 들어와, 들어와. ……참, 아까 집이 망가졌지! 깜빡했네, 깜빡했어!"

하늘을 올려다보는 자세를 바꾸지 않고 혓바닥을 내밀며 한쪽 눈을 찡긋 감고는 머리를 툭 두드린다.

그런 소녀에게 이번에는 지니가 의아한 듯이 물었다.

"저, 저기, 괜찮나요? 저택을 이렇게 엉망으로 만들어서. 베다 님이 화내실 것 같은데……."

"으응~? 이 정도는 일상다반사니까 화 안 나, 안 나! 오히려 기분 최고야! 내 천재성이 또 폭발했으니까! 물리적으로도! 웃기지?! 게햐햐햐햐햐!"

뭐가 그리 우스운지 배를 잡고 웃는다. ……여전히 하늘을 올려다보며.

더는 기다릴 수 없었는지 이리나는 그런 소녀에게 말했다.

"어, 어쨌든! 베다 님이 계시면 만났으면 하는데!"

다소 강하게 말하자 상대방은 그제야 하늘을 올려다보던 고개를 천천히 이리나 쪽으로 돌렸다.

그리고 사랑스럽게 고개를 살짝 갸웃하며 대답했다.

"베다라면 여기에 있잖아."

""……응?""

이리나와 지니, 두 사람이 일제히 목소리를 냈다. 그 얼굴에는 명확하게 '요 녀석 지금 뭔 소리래?' 하는 감정이 담겨 있었다.

이해한다. 나는 이해해. 그 심정 뼈저리게 이해해.

하지만 말이지, 이게 현실이야.

그러나 이리나는 아직 현실을 받아들이지 못한 듯했다.

"아니, 저기 말이지? 언니들은 베다 님을 만나고 싶은데."

식은땀을 흘리며 한 말에 마주한 소녀는 어딘가 뚱한 표정으로 두 팔을 붕붕 휘두르며…….

소리 높여 이렇게 외쳤다.

"그~러~니~까! 베다는 나~라~고! 나=베다! 나=천재 미소녀 마법 학자! 알겠어?!"

외모에 어울리는 사랑스럽게 토라진 표정으로 외치는 소녀…… 베다.

그런 그녀에게 이리나와 지니도 그리고 나도.

그저 침묵으로 답할 수밖에 없었다.

……신의 영역에 도달한 두뇌. 궁극의 지성. 사상 최고의 학자.

사천왕 중 한 명, 베다 알 하자드를 평가할 때 사람들은 입을 모아 거창한 말을 사용한다.

실제로 그녀의 재능은 찬란히 장식된 문구에 어울리지만…….

"정말이지 너무하네! 실례잖아! 사람을 겉으로만 판단하면 안 된다고 부모님께 배우지 않았어?!"

툴툴 화내는 그 사랑스러운 모습으로는 도저히 상상할 수 없을 것이다.

그녀가 사천왕 중 한 명이라는 사실을.

"아니, 하지만, 그렇지……?"

"아무리 그래도……."

얼굴을 마주 보며 당혹감을 감추지 못하는 이리나와 지니.

베다를 처음 본 사람은 대부분 이렇다. 고대 세계에서도 그랬으니 잘못된 인물상을 받아들인 현대인이라면 더욱 그럴 것이다.

어쨌든 이대로는 이야기가 진행되지 않으니 나는 한 발자국 앞으로 나가 그녀에게 말했다.

"처음 뵙겠습니다. 저는 아……."

"으음?! 너는 레어한 냄새가 나네!"

베다는 내 인사를 가로막고서 반짝이는 눈동자로 바라보았다.

맑은 눈을 반짝이는 그 모습은 무척 순진무구한 아이이지만.

나는 안다. 이 녀석이 이런 태도를 보이면 다음에 어떤 일이 벌어지는지를.

실제로…….

"잠깐 해부하게 해줄래?!"

베다는 마치 희귀한 곤충을 채집하려는 어린아이 같은 가벼운 태도로 나를 공격했다.

영창도 없이. 마법진을 발동하지도 않고.

베다의 주위로 반투명한 칼날이 수없이 소환되어서는…….

내가 그것을 인식한 순간, 수많은 칼날이 거친 궤도를 그리며 날아왔다.

보통 사람이라면 깜짝 놀라 대응이 늦은 결과 너덜너덜하게 베일 것이다.

그러나 앞서 이야기했던 것처럼 나는 이 녀석을 잘 알고 있다.

만나자마자 무언가를 느껴 이런 행동을 하리라는 확신을 품고 있었다.

따라서 대응은 신속했다.

반투명한 칼날이 날아들기도 전에 나는 방어 마법을 발동했다.

등급은 물론 상급. 이름은 《기가 필드》.

나르르 중심으로 사방에 마법진이 출현. 뒤이어 구체의 막이 온몸을 감쌌다.

곧장 방벽에 칼날이 충돌. 반투명한 칼날들은 줄줄이 유리처럼 부서져 대기 중에 사라졌다.

"오오! 굉장하네, 굉장해! 이 천재 마법 학자 베다의 오리지널 필살기를 막을 줄이야!"

점점 더 나에 대한 흥미가 커진 듯하다.

상기된 모습으로 뺨을 붉히며 거친 콧바람을 내쉬며…….

"좋아~ 그럼 다음은 더 위험한 걸 시험해볼까!"

말하자마자 베다의 머리 위에 새까만 구멍이 나타났다.

이번에도 영창도 없거니와 마법진도 없었다.

이것이 베다의 무서운 요소 중 하나다.

이 녀석이 다루는 기술은 마법인지 뭔지 알 수 없는 해석이 불가능한 기술이다.

내가 만든 인간용 룬 언어 마법을 바탕으로 자기만의 알 수 없는 힘을 창조했다. 그걸 다루는 그녀의 전력은 절대적이었다.

게다가 이 녀석은 강력한 마도 병기도 마구잡이로 만드니…….

베다는 정체불명의 힘과 병기를 조합해 싸운다면 신조차 죽일 힘을 발휘할 것이다.

그렇기에 나는 학자인 이 녀석을 문관의 최고봉인 칠문군이 아닌, 무관의 최고봉인 사천왕으로 선정했다.

"자, 실험을 시작해볼까!"

찬란하게 빛나는 눈동자에는 짙은 광기가 깃들어 있었다. 그 야말로 변태 매드 사이언티스트의 모습이었다. ……마왕군 녀 석들은 이런 놈들뿐이다.

나는 한숨을 쉬면서.

"함께하는 건 상관없습니다만…… 그렇게 되면 제 일행인 두 사람에게 폐가 됩니다. 결과적으로 당신은 올리비아 님의 노여 움을 살 테고요. 괜찮으시겠습니까?"

"어? 올리비아가 왜 화를 내?"

"우리는 당신 밑에서 일할 생각으로 이리로 왔습니다. 올리비 아 님의 소개로 말이죠."

그렇게 말하자 베다는 "쳇. 그럼 참을게." 하고 얌전히 끄덕이 고는 머리 위에 떠올랐던 검은 구멍을 없앴다.

"그나저나 내 밑에서 일하고 싶다니 별나네. 혹시 그런 거야? 내 엄청난 팬이라든가? 게햐햐햐햐! 드디어 내 시대가 왔구나~!"

혼자서 해석하고는 내 대답은 전혀 필요하지 않은 모습.

즐거운 듯이 웃는 베다의 모습에 이리나와 지니는 똑같은 타 이밍에 똑같은 말을 했다.

""얘, 도대체 뭐야…….""

심정은 이해한다. 뼈저리게 이해해.

그리하여.

다시 진정된 뒤에 베다는 먼저 산산조각이 난 저택을 원래대로 되돌렸다.

마치 시간이 되감기는 것 같은 그 광경은 역시 마법을 사용한 것이 아니었다.

"……정말로 베다 님이구나. 이 아이가."

"아, 아직 믿기지 않는다고 할지, 믿고 싶지 않다고 할지……."

서로 마주 보며 중얼거리는 이리나와 지니. 생각해보면 이쪽으로 온 뒤로 줄곧 이렇다. 평소처럼 으르렁대는 일이 전혀 없다. 그럴 여유도 없겠지.

"좋아~ 그럼 들어와, 들어와! 자세한 이야기를 들어줄게!"

"……우리의 이야기는 아까 말씀드린 그대로입니다. 올리비아 님의……."

"소개를 받고 온 떠돌이들이지? 하지만 너희 말이지."

목을 움직여 어깨 너머로 이쪽을 보는 베다. 번뜩이는 커다란 눈동자는 마치 모든 것을 꿰뚫어 보는 것 같은 신기함이 깃들어 있었다.

"그것만이 아니지?"

실제로 그녀의 두뇌는 우리의 진상을 꿰뚫어 보고 있을 것이다.

예전 부하에게 다시금 감탄한 나는 앞서가는 베다를 따라 두 사람과 함께 저택으로 들어갔다.

저택의 내관은 무척이나 단순했다. 군더더기가 전혀 없었고 진귀한 물건이 어디에도 없었다.

그런 내부를 나아가 응접실로 보이는 방으로 들어갔다.

넓은 실내에는 복수의 침대가 놓여 있었다.

베다는 그중 하나에 눕고서는.

"너희도 편히 있어!"

그 말에 이리나와 지니가 내게 시선을 보냈다.

어떻게 해야 좋을지 알 수 없는 거겠지.

현대라면 이럴 때 소파 등에 앉아 마주 보며 이야기하겠지만…….

이 시대, 이 나라에는 소파가 없다. 대신 이런 침대를 사용한다.

"두 분 모두 침대에 누우세요. 이럴 때 그런 상태로 대화하는 것이 고대의 문화입니다. 전에 올리비아 님의 역사학 강의에서 배웠죠?"

"아, 그, 그러고 보니 그랬지."

"처음 들었을 때도 생각했는데, 어쩐지 이상한 문화네요. 어째서 이런 습관이 있는 걸까요?"

침대에 누운 두 사람. 개인적으로는 이 풍습의 유래는 고대인 특유의 느긋함에 있다고 생각하지만 실제로는 나도 모른다. 딱히 신경 쓴 일도 없다.

나도 두 사람과 마찬가지로 누우며 베다의 얼굴을 보았다.

그리고…….

"요청에 따라 우리의 신원을 밝히겠습니다."

우리가 이곳에 이르기까지의 일을 숨김없이 말했다.

우리가 미래에서 왔다는 것. 자칭 신에 의해 이 시대로 오게 됐다는 것. 본래 시대로 돌아가기 위한 단서를 찾고 있다는 것.

상식적인 사람이라면 이런 황당무계한 이야기는 전혀 믿지 않을 것이다.

그러나 눈앞에서 침대에 누우며 내 이야기를 듣는 이 변태는 상식 따윈 조금도 없는 매드 사이언티스트다.

믿을 수 없기는커녕 눈을 반짝이고는.

"정말?! 진짜로?! 진짜구나! 후오오오오오오오오오오오오!"

괴상한 소리를 내며 침대 위에서 팔딱팔딱 날뛰는 물고기처럼 약동했다.

"《바깥 자들》이나 《옛 신》도 아닌, 초고차원^{아우터 원} 존재의 단서가 있기는 했는데! 설마 이런 식으로 그 존재가 증명되다니! 굉장해, 엄청나게 들뜨기 시작했어어어어어어어어어어어어어!"

격렬하게 팔딱이는 베다를 본 이리나와 지니는 질려버린 듯했다.

물론 나도 질려버렸다.

어째서 기댈 수 있는 것이 이 녀석밖에 없는 걸까…… 그렇게 탄식하고 있자니 이리나가 의아한 듯이 물었다.

"아까 베다 님이 《옛 신》이라고 하셨는데…… 《옛 신》이 뭐였지?"

내가 답하기 전에 지니가 당당한 얼굴로 답했다.

"《옛 신》이란 고대보다 훨씬 더 과거, 초고대 세계를 지배했다는 수수께끼의 존재를 일컫는 통칭이에요. 그들은 《사신》이 이쪽 세계를 습격했을 때 전멸했다고 올리비아 님께서 말씀하셨어요. ……착실하게 수업을 들어야죠, 미스 이리나.”

살짝 놀리는 듯이 웃는 지니에게 이리나가 뾰로통하게 뺨을 부풀렸다.

훈훈한 모습에 나는 쓴웃음을 떠올렸다. 그러자 베다가 진정됐는지 “아~ 피곤하다~.” 하고 말하며 침대 위를 데굴데굴 굴렀다.

“뭐, 어쨌든 사정은 이해했어. 너희가 바라는 대로 내가 너희를 감싸줄게. 원래 시대로 돌아가는 것도 도와주고. 다만 그 대신…….”

결국 실험에 어울리라든가, 가끔 해부하게 해달라든가 그런 말을 하려는 거겠지. 그렇게 놔둘 수 없어 선수를 치기 위해 입을 열…….

그러기 전에.

쾅, 하는 소리가 울렸다.

멀리서 날아든 그 소리는 아마도 저택 바깥에서 울린 것 같았다.

수상한 소리가 들린 뒤 곧바로 쿵쿵 거친 발소리가 들렸다.

그것은 점차 이 방으로 다가왔다……. 당연하게도 나와 이리나와 지니는 곧바로 침대에서 일어나 경계했다. 한편 베다는 태연히 침대에 누운 채 아무런 긴장감도 보이지 않았다.

그리고 다음 순간.

“으랏챠아아아아아아아아!”

구슬처럼 아름다운 목소리와는 어울리지 않는 외침과 함께 문이 부서졌다.

　난폭한 침입자의 정체는…… 우리가 잘 아는 인물이었다.

　"시, 실피……?!"

　이리나의 입에서 침입자의 이름이 나왔다.

　그렇다, 실피 메르헤븐이다. 다만 이쪽 시대의.

　복장은 고대의 기본 의상. 온몸을 천 한 장으로 가린 노출도가 높은 의상.

　그녀의 심벌이기도 한 불꽃 같은 붉은 머리카락은 현대의 그녀보다 약간 짧았고 신장도 조금 낮았다. 가슴 등은 이때부터 변함없이 납작하다.

　그런 실피는 우리를 보지도 않고 침대에 누운 베다에게만 시선을 집중한 채 이렇게 외쳤다.

　"찾았다! 이제 놓치지 않을 거야, 이 바보!"

　"게햐햐햐햐. 실피, 그거 알아? 남을 바보라고 한 사람은 상대보다 훨씬 더 바보가 되는 거야~."

　"어. 저, 정말?!"

　"푸풉! 그럴 리가 없잖아~! 다른 사람이 하는 말을 뭐든 곧이 곧대로 받아들이다니! 정말이지 넌 끝을 모를 바보구나~! 게햐햐햐햐햐햐햐!"

　"크으으으으으……!"

　배를 잡고 웃는 베다와 얼굴이 새빨개진 채 신음하는 실피.

　그런 두 사람의 모습에 이리나는 어딘가 복잡한 표정을 했다.

　아마도 올리비아 때 이상으로 실피와 다시 만난 것이 충격이었겠지.

여동생처럼 귀여워한 존재가 자신에게 아무런 관심도 보이지 않는 지금 상황에 적잖이 가슴이 아픈 것이리라.

무언가 이리나를 위로할 말을 건네려 생각에 잠겼다.

그러던 중.

"아, 정말! 엉망진창으로 때려주고 싶지만! 이번엔 참겠어!"

그다음 실피가 한 말이.

내 마음을 크게 움직였다.

"해치워줘요! 리디 언니!"

이름이 불리고서 바로 또박또박 조용한 발소리가 울렸다.

그리고 어느 미녀가 실내로 들어왔다.

그 모습을 본 것과 동시에…… 두근, 심장이 뛰었다.

"……!"

주변 모든 것이 하얗게 물들었다.

이리나도, 지니도, 실피도, 베다도. 모든 존재가 의식 속에서 사라지고 내 시야에는, 내 세계에는 오직 한 명만이 남았다.

"리디아……!"

얼마나 다시 만나고 싶다고 기도했던가.

그럴 때마다 얼마나 많은 고통을 맛보았던가.

이제는 그 모습은 추억 속에서밖에 볼 수 없다고. 그렇게 생각했던 그녀가 지금 눈앞에 서 있다.

그 현실에 나는 동요할 수밖에 없었다.

제41화 전직 《마왕》님과 전설의 《용사》

"어……?! 리, 리디 언니라면……?!"

"저, 저 사람이 전설의……?!"

부서진 문 앞에 선 여성을 바라보며 이리나와 지니는 식은땀을 흘렸다.

두 사람의 시선을 받은 그녀는 베다를 확인하고서는 살짝 한숨을 쉬고 눈을 감았다.

그 모습을 한마디로 표현하자면…… 미의 결정이라 할까.

길고 뾰족한 귀가 나타내는 것처럼 종족은 엘프. 신장은 여자치고는 큰 편인 170셀치.

다부진 몸과 여성 특유의 곡선을 얇은 천으로 가리고 있었다.

얼굴은 모든 것이 황금 비율로 구성된 것만 같았고 길고 아름다운 은발이 특징이었다.

그녀의 이름은 리디아. 리디아 비긴즈게이트.

신화에 이름을 새긴 수많은 영웅의 정점에 있는 대표 격.

시작의 《용사》이자 모든 전사의 정점.

《마왕》이라 불리던 시절의 내게 둘도 없는 친구였던 여자.

그런 리디아는.

날카롭고 이지적인 눈을 부릅뜨고서.

"야, 베다, 너 이 자식! 후방 지원 부대의 수가 적다고 몇 번 말해야 알아들어, 얼간아! 내가 우습게 보이냐! 아앙?!"

아름다운 목소리와는 어울리지 않는 더러운 폭언을 뱉은 리디아는 긴 은발을 흔들며 성큼성큼 베다에게 다가갔다.

그리고 그녀의 작은 몸을 들고 억지로 일으킨 뒤.

"출격 부대의 수를 배로 늘려! 그렇지 않으면 네 똥구멍에 손을 쑤셔 넣어 정수리까지 뚫어버린다!"

멱살을 잡고 얼굴을 들이밀고서 무서운 눈빛으로 노려보았다. 마치 동네 건달 같았다.

그 아름다운 용모로는 상상도 할 수 없는 난폭함에 이리나와 지니는 넋이 나갔다.

"……이 사람이 전설의 《용사》님?"

"어, 영웅담 속 이야기하고 너무 다르잖아요, 아무리 그래도…….."

후세에 전해지는 리디아의 이미지도 '웃기지 마라, 이 멍청아.' 하고 말하고 싶을 정도니까. 그런 허상을 믿었던 두 사람에게는 충격적인 현실이겠지.

이 리디아라는 여성은 절대 현대에 전해지는 대로 성인군자가 아니다.

아름다운 것은 겉모습뿐으로, 그 속은 다양한 욕망으로 얼룩진 건달이다.

그리고 실피의 언니인 만큼 월드 레코드…… 아니, 히스토리

레코드 수준의 엄청난 바보다.

……그런 바보의 모습을 본 순간 자연스럽게 눈물이 솟았다.

그렇구나. 나는 과거로 돌아온 거야.

리디아가 있는 세계로 돌아왔어.

동요가 단번에 감동으로 바뀌었다. 반면 리디아 일행은.

"에이, 침착해, 리디아. 후방 지원 부대의 수는 적절한 것 같은데? 누가 뭐래도 내 천재적인 두뇌가 도출한 수……."

"뭐가 천재적인 두뇌라는 거야, 이 땅딸보가! 얼마 전 전쟁에서도 그런 소리 했다가 예상 이상의 피해를 본 걸 잊은 건 아니겠지?!"

"예상 이상? 아니지, 그렇지 않아. 내 예측을 벗어난 건 아니야. 누가 뭐래도 나는…… 천☆재☆니까아아아아아아! 게햐햐햐햐!"

멱살을 잡혀 다리가 붕 뜬 상태임에도 깔깔 웃는 베다.

이에 분노를 감추려 하지도 않고 소리치며 그녀의 작은 몸을 흔드는 리디아.

그런 두 사람 곁에서 실피가 뻐기는 표정을 하고는.

"역시 우리 언니! 저 머리가 이상한 변태 상대로도 전혀 기죽지 않다니!"

눈동자에 동경의 빛을 담으며 리디아에게 뜨거운 시선을 보냈다.

그런 실피는 무언가를 깨달았는지 갑자기 이리나 쪽을 보았다.

"……응? 너, 언니를 닮았네. 설마 생이별한 자매?"

턱에 손을 짚은 실피는 이리나의 얼굴을 들여다보았다.

"아, 아니, 나는, 그게……."

현대의 실피와는 다른 과거의 그녀를 어떻게 대해야 좋을지 알 수 없는 거겠지.

이리나는 두루뭉술한 대답밖에 할 수 없었다. 이 두 사람의 이런 대화는 무척이나 귀중하기에 어쩐지 재밌었다.

……그건 그렇고.

리디아의 성난 목소리로 볼 때 우리가 온 시대는 역시 아라리아 평야의 전투가 끝나기 이전인 듯하다.

이 무렵, 이미 우리는 《바깥 자들》 몇을 타도해서 기세가 오른 상태였다. 국토도 넓은 면적을 확보했으며 세계 제패를 외치는 커다란 나라로 성장해, 드디어 《바깥 자들》과 《마족》과의 전쟁도 최종 단계로 돌입하는 그런 시기로 기억한다.

이 시절의 나는 대부분의 전쟁을 사천왕과 리디아가 이끄는 용사 군에게 맡긴 채 수도에서 내정에 힘을 썼다. 수많은 변태, 아니, 인재를 둔 우리 군은 말 그대로 황금기를 맞이해 내가 군이 출진할 것도 없는 상태였으니까.

그런 시기에서 아라리아 평야의 전투는 말 그대로 길게 이어진 전쟁의 중반과 종반을 가르는 터닝 포인트였다.

《마족》이 다스리는 광대한 토지, 아라리아 평야. 그곳에 세워진 수많은 요새와 성곽 도시.

그것들을 함락해 대륙 지배의 기초를 다진 것이 당시의 리디아 군과 베다 군의 콤비였다. 처음에는 두 군부대의 상성이 나쁘게 보였지만 의외로 잘 맞아떨어져 결국에는 공략하기 어렵다고 알려진 아라리아 평야를 2년도 안 되어서 평정했다.

리디아의 성난 목소리를 들어보니 지금은 아라리아 평야 전쟁의 중반전 정도에 접어든 것 같았다.

"그러니까~! 이제 슬슬 위험한 녀석이 나올 때잖아! 내 감이 팍 온다니까!"

눈을 부릅뜨며 소리치는 리디아에게 베다도 피곤해졌는지 성가시다는 듯이 눈을 가늘게 뜨고서 탄식했다.

"음~ 그럼 저 세 사람을 써."

나도 모르게 '뭐?' 하는 소리가 나올 것 같은 말을 하며 우리를 가리킨다.

리디아는 그제야 우리의 존재를 깨달은 모양이다.

"아앙?" 하고 불량한 목소리를 내며 고개만 움직여 우리를 보았다.

그녀의 눈이 가장 먼저 확인한 것은⋯⋯ 나였다.

한순간 그 눈동자가 날카롭게 가늘어졌다. 그러나 리디아는 딱히 아무런 말도 없이 옆으로 시선을 돌렸다. 그곳에 선 것은 이리나였다.

"⋯⋯너."

리디아의 단정한 얼굴이 살짝 일그러졌다. 그것은 경악일까. 어쨌든 이리나에게 강한 감정을 품었음이 분명할 것이다.

⋯그나저나 늦은 감이 있지만 아까 실피가 말했던 것처럼 이리나와 리디아의 모습은 정말 많이 닮았다. 처음 이리나와 만났을 때도 생각하긴 했지만⋯⋯.

설마 이 두 사람은 피가 이어진 건 아니겠지?

……아니, 그럴 리가 없다.

내가 전생 후에 리디아의 후손을 곧바로 만나게 된다는 것은 너무나도 부자연스럽다.

그런 생각을 하고 있을 때.

리디아가 시선을 휙 돌려…… 지니를 본 순간이었다.

"……! 야, 야! 나도 참! 뭐 하는 거야, 바보 같으니! 이런 예쁜 이가 같은 방에 있었는데!"

리디아는 한 손으로 자신의 얼굴을 감싸 하늘을 올려다보며 탄식하고는 베다의 가녀린 몸을 던지고 지니에게 다가갔다.

"어? 어?"

대상이 된 지니가 대량의 식은땀을 흘리며 당황했다. 그러며 이쪽으로 시선을 보냈다. 그녀의 눈동자는 이런 질문을 던지는 것만 같았다.

『제, 제가 잘못이라도 한 건가요?!』

……아니. 딱히 잘못한 것 없어, 지니.

이건 그러니까.

그 녀석의 나쁜 버릇이야.

"아가씨, 이름은?"

지니 앞에 다가간 리디아는 그녀를 내려다보며 아까와 전혀 다른 정중한 말투로 물었다.

남녀노소를 사로잡는 미성을 들은 지니는 뺨을 붉히며 답했다.

"지, 지니라고 합니다. 이, 이렇게 유명하신 《용사》님을 만나

뵙게 되어 영광입니다……."

"하하하. 그렇게 딱딱하게 굴지 말아요. 나는 그렇게 대단한 사람이 아니니까. 그래요…… 당신처럼 아름답고 가련한 꽃에 비하면 말이죠."

……아, 정말. 오랜만이네, 이 느낌.

가능하다면 저 바보의 머리를 때려주고 싶다. 그러나 지금은 꾹 참아야 한다.

……그러나 리디아의 본성을 모르는 지니는 점점 더 뺨을 붉히며 부끄러워하기 시작했다.

"꼬, 꽃이라니요."

"아니, 당신은 정말 아름다운 여성이에요. 아름답고 단정한 모습. 그리고……."

리디아의 시선이 살짝 아래로 내려갔다.

그곳에 있는 것은 풍만한 지니의 가슴이었다.

순간 리디아의 눈에 사악함이 깃들고는.

드디어 바보가 본성을 드러냈다.

"어때요, 아가씨. 지금부터 제 별장에서 꿈만 같은 한 때를 보내지 않을래요?"

"……어."

에둘러서 표현했지만 리디아의 말은 명백하게 침대로 부르는 것으로…….

그것이 너무나도 의외였는지 지니의 얼굴에 놀라움과 당혹감이 퍼졌다.

반면 그녀의 눈앞에 선 변태 리디아는 계속해서 욕망의 목소리를 냈다.

"그 반응…… 설마 경험이 없나? 거짓말이지? 서큐버스인데도? 뭐야, 그거, 최고잖아. 정말 마음에 들었어. 크흐흐흐."

단번에 거리를 좁혔다. 정신적으로도, 육체적으로도.

지니의 허리에 손을 감고서 키스 직전까지 얼굴을 들이대는 리디아. 절세의 미녀가 가련한 소녀를 안고 있는 장면처럼도 보이지만…… 그 실상은 성욕 마인 변태가 가련한 소녀에게 들이대고 있는 그런 구도였다.

지니는 그것을 본능적으로 깨달았는지 갑자기 공포에 질린 표정을 했다.

"히익! 노, 놔주세……요오?! 잠깐만요, 어, 어딜 만지는 건가요?!"

"크흐흐. 엉덩이 예쁘네, 아가씨."

이제는 추잡한 자신을 감추려고도 하지 않는다. 동성임을 이용해 지니의 몸을 마음껏 주무르기 시작한 리디아.

그런 그녀의 모습에 이리나는 고개를 갸웃했다.

"저기, 아드. 리디아 님은 왜 저렇게 지니가 마음에 든 걸까?"

어째서 지니가 마음에 들었냐고? 그건 말이지, 저 녀석이 가슴 큰 미소녀를 무척이나 사랑하는 변태니까 그래.

"아…… 잠깐, 거, 거기는 안 돼……! 거기는 아드 군만을 위한 곳인데……!"

"뭐야, 아가씨. 마음을 정한 사람이 있어? 크흐흐, 더욱 불타오르네! 내 기술로 빼앗아주지! 크헤헤헤헤헤헤!"

드디어 저 바보의 변태성이 이리나에게는 보여줄 수 없는 수준의 행위로 넘어가기 시작했기에.

나는 앞으로 나서 억지로 리디아와 지니를 떼어냈다.

"아앙?! 무슨 짓이냐, 너?!"

단정한 얼굴을 분노로 물들이며 제로 거리에서 노려보는 멍청한 녀석.

그 모습은 정말이지 욕망을 훤히 드러낸 동네 건달 같았다.

……나는 어째서 이런 녀석을 친구라고 생각했을까?

"죄송합니다만 우리는 이 도시에 막 도착한 참입니다. 저도 저기 이리나도 그리고 방금까지 괴롭히셨던 지니도 무척 지쳐 있습니다. 따라서…… 그만해주십시오. 여러모로."

입가에는 미소를 떠올렸지만…… 역시 내심 소용돌이치는 감정을 전부 숨길 수는 없었다. 어느새 눈이 날카로워진 나는 정면에서 리디아를 노려보고 있었다.

"이 자식, 배짱 한번 두둑하네. 나하고 한 판 붙어볼 생각이야?"

"그렇지 않습니다. 다만…… 당신이 꼭 저와 겨뤄보고 싶다면 상대해드리겠습니다."

여기서는 아드 메테오르로 행동해야 한다는 것을 잘 알고 있지만…… 이 녀석이 앞에 있으면 도무지 제어가 안 된다.

"흐음…… 진짜 배짱 좋네……! 밖으로 나와, 짜샤!"

도발에 넘어가면 안 된다고 생각하면서도.

"좋습니다. 당신의 추한 속내를 고쳐드리겠습니다."

참지 못하고 함께 저택 밖으로 나가서는.

몇 시간에 걸쳐 치고받고 싸웠다.

마법은 주변의 폐가 되니 사용한 것은 자신의 육체뿐. 그러나 상대는 전성기의 《용사》. 순수한 육체 기술만으로도 경이로운 힘을 자랑한다.

반면 나는 전생과는 달리 고대 세계의 평균 수준의 육체.

그렇기에 《마왕》이라 불리던 시절에 비하면 내몰리기 쉬웠다.

바보 같으니. 나도 전성기였다면 이렇게 맞지 않았을 텐데.

태어나서 처음으로 《마왕》이라 불리던 시절로 돌아가고 싶어졌다.

그리고…….

"하아, 하아…… 제, 제법이네, 너……!"

"새, 생각보다, 대단하지 않군요, 당신은……!"

"이미 원판을 잃어버린 면상으로, 그런 말을 해봤자, 설득력이 없다고, 멍청아……!"

"당신도, 아름다운 얼굴이, 추한 고블린처럼, 됐습니다, 꼴좋군요……!"

대자로 뻗어 서로를 비난했다.

그런 우리를 이리나와 지니는 어떤 얼굴로 보고 있을까. 베다는 아마도 히죽이고 있음이 분명하다.

……정말이지 마음에 안 드는 시대다. 빨리 현대로 돌아가고

싶다.

입안에 고인 피를 난폭하게 뱉어내니.

"크, 크크……! 정말이지 재밌는 녀석이네."

리디아가 껄껄 웃기 시작했다. 그 얼굴에는 아까까지의 적의
는 온데간데없이 사라지고…… 선선하고 기분 좋은, 말하자면
사내다운 포용력이 있었다.

"아드라고 했던가? 너, 저 두 사람을 데리고 후방 지원으로
와."

리디아는 자리에서 일어나 내 얼굴을 내려다보며 말했다.

"사실은 전선까지 나오라고 하고 싶지만…… 뭔가 사정이 있
지? 그렇지 않으면 베다의 밑에 들어갈 리가 없잖아."

"……거기까지 눈치채셨다면 무리한 부탁은 하지 마시죠. 우
리는 전장에……."

"네 힘이 내게 필요하다고. 끝까지 말하게 하지 마, 부끄럽잖
아."

멋쩍은 표정을 한 리디아.

……정말이지 밉살스러운 녀석이다. 항상 내 예정을 마음껏
무너뜨린다.

그런 이 녀석이 정말로 싫다.

……정말 싫지만 힘이 필요하다면 어쩔 수 없지.

"……좋습니다. 그렇게까지 말씀하신다면 힘을 빌려드릴 수
도……."

"네가 오면 저 지니도 오는 거잖아? 그렇게 되면 끝이지. 이런

저런 수단으로 손에 넣어…… 여유가 있을 때 이것저것 잔뜩 할 거라고! 크헤헤, 전쟁이 기대되네~!"

엉망이 된 얼굴에 더러운 욕망을 떠올리고 웃는 리디아.

그런 과거의 친구에게 나는…….

일단 한 방 더 먹여주었다.

제42화 전직《마왕》님과 고대 세계의 밤

리디아와 다시 만나 우리는 전장에 출격하게 됐다.

……처음 예정과는 다르지만 공적을 세우기 쉬워졌다고 긍정적으로 생각하자.

어쨌든 우리는 공적을 세워 군 내부에서의 위치를 어느 정도 높이는 방침이었으니까.

전장에서는 얼마든지 공적을 쌓을 수 있다. 그것을 하나라도 붙잡는다면《마왕》과 만난다는 목표에 크게 다가갈 수 있을 것이다.

우리가 맡은 것은 후방 지원이니 그다지 큰 위험에 처할 일도 없을 테고…… 잘못된 판단이 아닐 것이다.

어쨌든.

당연한 이야기지만 종군이 정해졌다고 곧바로 출발하는 것은 아니다.

리디아, 베다, 양쪽 군부대 모두 준비가 남았다고 한다.

그것이 끝나는 대로 행군하게 된다.

이것은 상당히 다행이었다. 이쪽도 한 가지 준비하고 싶었던 참이다.

게다가 고마운 일이 또 한 가지…….

행군하는 날이 오기까지 우리는 이 도시에 있는 리디아의 별장에서 지내게 됐다.

이리나와 지니가 어지간히 마음에 들었나 보다. 나는 딸린 덤 정도겠지만, 어쨌든 다행이었다. 리디아가 이렇게 배려해주지 않았다면 우리는 그 베다와 함께 먹고 자는 꼴이 됐을 테니까.

이 사실을 베다에게 보고하자, 베다는 커다란 눈동자를 촉촉이 적시며,

"싫어~! 가지 마~! 계속 여기에 있어~!"

내 가슴에 뛰어들어 어린아이처럼 떼를 썼다.

그 모습만을 보면 무척이나 귀여운 아이 같은 인상이다.

베다는 외모만큼은 정말로 가련한 소녀다. 따라서 이렇게 떼를 쓰면 누구든 말을 들어주고 만다.

그러나…….

"자고 있을 때 살짝 인체 실험을 할 생각이었는데~! 적어도 여기서! 이 가슴을 조금만 개봉하게 해줘! 조금이면 되니까! 요기 살짝이면 되니까~!"

이런 말을 들으면 누구나 이 녀석을 내던지고 도망칠 테지.

물론 나도 그렇게 했다.

뒤에서 베다가 훌쩍이는 소리가 들렸지만 전혀 마음이 아프지 않다.

……어째서 우리 군의 인재는 위로 갈수록 변태성이 짙어지는 걸까.

그런 사건 끝에 우리는 리디아의 별장으로 가서 각자 방 하나를 빌렸다. 리디아의 별장도 단순하고 클 뿐, 조형적인 아름다움은 전혀 없었다. 그러나 실내는 아주 넓고 무엇보다 청결했기에 아무런 문제 없었다.

침대 위에 누워 그 감촉을 즐긴 나는 중얼거렸다.

"……설마 리디아와 다시 만날 줄이야."

실제로 이 시대에 오게 된 시점에서 그럴 가능성을 떠올렸었다.

그러나 그것도 잠시. 곧바로 그런 생각은 사라졌다.

아니…… 생각하지 않으려고 노력했다는 편이 정확하겠지.

내게 리디아라는 여자는 무척이나 복잡한 존재다.

옛 친구이기에 항상 다시 한번 만나고 싶었다.

영혼만 남아 내 지시를 들을 뿐인 인형이 된 그녀가 아니라 생생한 진짜 리디아를 만나고 싶다고. 항상 그런 생각을 품었다.

그러나 그 반면에.

그런 유일무이한 친구를 내 손으로 없앴다.

엄연한 사실이 만나고 싶다는 마음을 단념하게 했다.

네게 그런 자격이 있느냐면서.

"……그 자칭 신이라는 녀석은 대체 무슨 생각인 거지. 날 괴롭히려는 건가? 만약 그렇다면 다음에 만나면 봐주지 않겠어……."

탄식했다. 그러자.

노크 소리가 들렸다.

지니가 온 걸까? 이리나나 리디아라면 들어오기 전에 노크하지 않을 테니까.

 이런 밤중에 그녀가 왔다는 것은…….

 유혹을 어떻게 거절할까 고민하며 대답했다.

 그리고 문을 열고 들어온 사람은.

 지니가 아니었다.

 아는 사람도 아니었다. 갈색 피부와 하얀 머리카락이 특징으로 아직 앳된 소녀였다.

 옷은 일반적이었지만…… 복부에 새겨진 문장이 그녀의 입장을 나타냈다.

 저 특징이 있는 문장은…… 노예의 증표다.

 "처음 뵙겠습니다. 라티마라고 합니다. 리디아 님의 종복으로 수발을 들고 있습니다. 이번에 리디아 님의 명령으로 이쪽에 머무시는 동안 제가 당신의 종이 되었습니다. 아직 많이 부족하지만 부디 잘 부탁드립니다."

 자신을 라티마라고 소개한 소녀는 사무적으로 담담하게 말하고서 꾸벅 고개를 숙였다.

 ……리디아는 노예 제도의 반대파였다고 기억하지만 이 제도가 사회에 가져다주는 이점을 이해하기에 없애지 못했다.

 대신 적어도 부당한 대우를 받아 노예가 된 존재를 구하기 위해 움직였다.

 이 소녀도 아마 리디아의 도움을 받아 그녀에게 맡겨졌을 것이다.

 리디아의 측근 부대에는 그런 사람이 많아 그녀에게 광적인 충성을 맹세했었다.

　따라서 이 라티마라는 소녀는 믿을 수…… 있을 테지만.

　기분 탓일까.

　나를 보는 소녀의 눈에 어딘가 험악한 기운이 깃들었다고 느껴지는 것은.

　방을 배정받은 뒤, 리디아에게 불린 이리나는 지니와 함께 저택에 설치된 입욕 시설로 들어갔다.

　커다란 목욕탕, 그 욕조 안에는 이미 실피가 가녀린 몸을 담그고 있었다.

　"크으~ 살 것 같네~."

　그렇게 아저씨 같은 말을 하며 기분 좋은 듯이 숨을 내쉰다.

　그런 모습에 이리나는 자연스럽게 미소가 흘러나왔다.

　'역시 실피는 실피구나.'

　입욕 시간은 상당히 즐거웠다.

　그 중심에는 역시.

　"지니~! 서로 등을 밀어주자~!"

　이 사람. 리디아 비긴즈게이트가 있었다.

　"히이익?! 사, 사양할게요오오오오오!"

　"그러지 말고오오오오! 거품 칠한 가슴을 만지게 해줘~! 크헤헤헤헤헤!"

"싫어어어어어어어!"

변태 영감도 질려버릴 얼굴로 지니를 따라다닌다. 그런 모습을 보면 도저히 전설의 《용사》의 위엄을 느낄 수 없다.

그러나 이리나는 오히려 그 점이 좋았다.

만약 영웅담에서 그려진 리디아의 모습 그대로였다면 이리나는 계속 위축되어 진정할 틈도 없었을 것이다.

하지만.

"크하하하하하! 잡았다, 마이 허니!"

"히이이이익?! 놔, 놔요! 놓아주세요! 잠깐, 가, 가슴을 만지지 말아요오오오오오오?!"

지니에겐 큰일이겠지만.

풍만하게 자란 아름다운 가슴이 리디아의 하얀 손안에서 말캉말캉 형태를 바꾸었다.

지니는 질색이라는 얼굴로 소리치지만 리디아는 상관하지 않았다.

"으하하하하! 이 감촉! 볼륨! 역시 거유는 최고야!"

"으아앙~! 이제 봐주세요~!"

그런 두 사람을 욕조에 몸을 담근 실피가 뾰로통한 눈으로 노려보았다.

"……나도 앞으로 2, 3년만 있으면 커질 거야."

납작한 가슴을 쓸어내린다. 그러나 슬프게도 2, 3년이 지나도 실피의 평평한 그곳이 커지지 않는다는 사실을 이리나는 잘 알고 있다. 물론 그 사실을 알려주지는 않았다. 너무 가여우니까.

리디아 덕분에 떠들썩한 입욕 시간을 보낸 뒤.

이리나는 고대 세계의 일반적인 복장을 하고서 자신의 방으로 돌아갔다.

"음~ 어쩐지 허전하네……. 너무 많이 보이는 거 아닌가?"

이리나는 피부 노출을 그다지 신경 쓰지 않지만 천 한 장으로 중요한 부분을 가리기만 하는 모습은 조금 부끄러웠다.

지니만큼은 아니지만 풍만하게 자란 가슴과 부드러운 엉덩이, 잘록한 복근이 대범하게 드러났다. 아무래도 조금 부끄럽다.

그러나 부끄러운 반면 그 수치심이 기분 좋았다.

"에, 엘자드에게 납치된 이후로…… 조금 야한 아이가 된 걸까?"

아드는 그런 자신을 어떻게 생각할까. 그런 생각을 하니 얼굴이 새빨개졌다.

"~~!"

상기된 얼굴을 식히려고 침대에 뛰어들어 베개에 얼굴을 묻었다.

그리고 억지로 생각을 바꾸었다.

"처음엔 불안했지만…… 생각보다 이 시대도 재밌을 것 같아."

아드가 앞서 이야기했던 것처럼 지금 상황은 수학여행이 아닌 시간 여행이 됐다. 고대 세계를 체험하는 것은 어떤 마법을 사용해도 불가능. 그렇게 생각하면 상당히 중요한 경험을 하는 것이다.

"상상했던 것하고는 전혀 다르지만…… 설마 베다 님이나 리디아 님을 만나게 되다니. 하지만…… 반 아이들에게 이야기해도 분명 믿어주지 않을 거야."

자신이 있던 세계를 떠올렸다.

……돌이켜보면 아드와 만난 이후로 이번 일을 포함해 믿기지 않는 일들만 일어난다.

가장 믿기지 않는 점은 자신에게 친구가 있다는 것.

많은 사람과 함께 웃을 수 있다는 것.

그러나…… 그것은 살얼음처럼 부서지기 쉬운 환경이다. 그 사실을 알게 된다면 당장 부서질 것이다. 이리나는 그것을 잘 이해하고 있다.

"친구가 많이 생겼어. 하지만…… 아무리 그래도 나는…… 부정한 혈족이니까."

방금까지의 열기가 온데간데없이 사라졌다. 탄식과 함께 쓸쓸한 기분이 마음에 퍼졌다.

표면상으로 이리나는 많은 친구와 함께 행복하게 지내고 있다. 하지만…….

궁극적으로는 다른 사람들과 다르다.

이리나는 애초에 인간조차 아니다.

전에 엘자드가 말한 것처럼 이리나는 《사신》의 피를 잇는 괴물이니까.

따라서 이리나는 겉으로 사람들 속에서 행복하게 사는 여자아이이지만…….

본질적으로는 다른 사람과 다르다는 고독감을 품은 가련한 소녀이기도 하다.

"⋯⋯하아. 나도 참 안 되겠다. 자꾸 생각하지 않아도 될 것만 떠올리잖아."

문득 머릿속에 아드의 모습이 떠올랐다.

"⋯⋯오늘은 아마 혼자서 잘 수 없을 거야."

자리에서 일어난 이리나.

매일 같이 아드와 침대를 함께 쓰는 것은 그에게 적지 않은 호감을 품었기 때문만이 아니다. 그와 함께 있으면 진정되기 때문이다.

이리나의 고독을 전부 이해하고서 함께 있어 준다고 약속해준 사람.

그렇기에 이리나에게 아드 메테오르라는 인물의 존재는 컸다.

"⋯⋯아드는 벌써 자려나? 만약 그렇다 해도⋯⋯ 용서해주겠지?"

그의 방으로 가기 위해 문으로 갔다.

그러나 그 순간.

이리나가 열기도 전에 문이 방 안쪽으로 열렸다.

"어?"

작은 목소리를 낸 이리나. 그녀가 본 것은.

"안녕, 이리나. 아직 안 자지?"

온화한 표정을 한 리디아가 가죽 주머니를 한 손에 들고 있었다.

그녀는 느긋한 발걸음으로 방으로 들어와 침대에 앉아 가죽 주머니에 든 것…… 증류주를 벌컥 들이켰다.

그리고서 '크~.' 하고 걸쭉한 목소리를 내고서.

이리나의 눈을 똑바로 바라보며 이렇게 말했다.

"너하고 둘이서 이야기하고 싶었거든. 잠깐 시간 괜찮아?"

리디아의 맑은 눈동자는 진지했다. 지니를 보던 엉큼한 눈도, 아드를 보던 거친 눈도 아니라, 맑고 투명한 눈에는…… 어딘가 마음이 끌리는 것이 있었다. 그래서 이리나는.

"……네."

고개를 끄덕였다.

"응. 그럼 옆에 앉아. 술은 잘 마셔?"

"아, 아니요. 그다지."

"그래. 그럼 이쪽이군."

허리에 찬 몇 개의 가죽 주머니 중에 하나를 건넸다. 아무래도 안에 든 것은 포도 주스인 듯하다.

그것을 받아든 이리나는 리디아의 옆에 앉았다.

한동안 침묵이 실내에 퍼졌다.

이야기를 나누고 싶다면서 리디아는 한마디도 하지 않았다.

게다가 짓궂게도 지금 리디아는 무척이나 진지한 분위기다.

그러고 있으면 이 여성은 정말로 매력적이다.

옆모습을 힐끔 보는 것만으로 동성인 이리나조차 얼굴이 붉어진다. 그런 점만큼은 전해지는 내용 그대로이다. 《용사》 리디아는 너무나도 아름다웠다.

그런 그녀는 지금도 잠자코 입을 열려 하지 않았다.

"으~! 이 분위기는 너무 답답해!"

침묵에 견딜 수 없게 된 이리나는 용기를 짜내 말을 꺼냈다.

"저, 저기! 제게 하실 이야기가 있다고 말씀하시지 않았나요?!"

그렇게 묻자 그제야 리디아가 말을 꺼냈다.

"……그래. 상당히 껄끄러운 이야기, 인데."

이리나는 자신을 바라보는 눈동자가 너무 맑아 자연스럽게 마른침을 삼켰다.

'무, 무슨 말을 하려는 거지?'

'아, 하지만 어쩌면 별일 아닐지도.'

'리디아 님이라면 그럴 수 있어. 이런 분위기를 만들어 놓고 사실은 전혀 엉뚱한 이야기를 할지도 몰라.'

그렇게 생각하니 긴장감이 조금은 누그러졌다.

하지만.

"저, 이리나. 너 말이야."

다음에 리디아가 한 말은 이리나에게.

도저히 별일 아니라고 할 수 없었다.

"놈들의 피를 이었지?"

그 질문을 받은 이리나는 돌처럼 굳어버렸다.

놈들, 이라는 것은 아마도 《사신》을 가리키는 말일 것이다. 어째서 그녀가 직접적이 아니라 에둘러 물었는지는 알 수 없지만.

지금 그런 것은 아무래도 좋았다.

그 《용사》가. 《사신》 토벌의 대영웅이.

할 이야기가 있다고 방으로 찾아와 이쪽의 정체⋯⋯《사신》의 혈족이라는 진실을 말한다.

그것이 어떤 의미를 지니는지.

거기까지 생각이 도달한 동시에.

"큭!"

벌떡 일어난 이리나는 침대에서 물러나 리디아와 거리를 뒀다.

전해지는 이야기로는 리디아는 《사신》과 그 관계자에게 가혹한 벌을 내렸다고 한다.

만약 이 리디아도 그렇다면⋯⋯.

지금 여기서 살해당할지도 모른다.

그런 위기감이 막대한 진땀을 흘리게 했다.

이리나는 위의 통증과 초 단위로 빨라지는 심장 박동을 느끼며 리디아를 노려보았다. 그런 모습을 보고서.

리디아는 미안한 얼굴로 가죽 주머니를 흔들었다.

"갑자기 미안해. 기분 상하게 한 모양이네. 하지만⋯⋯ 꼭 이야기해보고 싶었어. 왜냐하면⋯⋯."

다음에 이어진 말은.

이리나에게 더 큰 충격을 가져다주었다.

"나하고 같은 녀석을 만나는 건 처음이거든."

경악을 금치 못했다.

어느새 이리나는 안구가 튀어나올 것처럼 눈을 크게 뜨고 있었다.

"가, 같은……?!"

"그래, 맞아. 나도 너하고 같거든. 우리 아버지는……《사신》의 한 명이야."

믿을 수 없었다. 그《용사》가, 역사상 가장《사신》을 증오했다는 그녀가 설마 자신과 같았다니.

그러나 리디아의 눈동자는 조금도 거짓말을 하는 것 같지 않았다.

그녀가 밝힌 것은 확실한 진실일 것이다.

그렇게 생각하니 신기한 동료 의식이 싹을 터서…….

"리, 리디아 님도…… 전에는 사람을 믿을 수 없기도, 했나요?"

"그래. 심각했었지, 정말로."

어느새 말이 흘러나와 멈추지 않았다.

그 뒤로 이리나는 리디아와 많은 이야기를 주고받으며, 때로는 웃고, 때로는 눈물을 흘렸다.

이런 기분은 처음이었다.

이 세계에 혼자 밖에 없다는 쓸쓸한 기분이 사라져갔다.

태어나서 처음으로 고독을 완전히 잊을 수 있었다. 아드조차 치유해주지 못했던 그 감정이 리디아라는 동포의 존재로 사라졌다.

어느새 이리나의 안에서 리디아는 무척이나 커다란 존재가 되었다.

　그래서…… 진심으로 이 사람과 헤어지고 싶지 않다고 생각하게 됐다.

　"이제 슬슬 잘 시간이네. 갑자기 찾아와서 미안했어. 하지만 즐거웠어. 고마워, 이리나."

　리디아가 미소를 지으며 이리나의 은발을 자상하게 쓰다듬고서 자리에서 일어났다.

　가지 않았으면 좋겠다. 그런 감정이 폭발해 이리나는 리디아의 손을 붙잡았다.

　"저, 저기! 가, 같이…… 같이 자 주시면 안 될까요?!"

　리디아는 잠시 깜짝 놀랐지만 이내 부드러운 미소를 떠올렸다.

　"지니 방으로 몰래 숨어들 예정이었는데…… 그런 얼굴로 부탁하면."

　함께 침대에 눕자 리디아가 손가락을 탁 튕겼다.

　그러자 천장에 달린 마도식 조명 기구의 불이 꺼지고 실내에 어둠이 깔렸다.

　"잘 자, 이리나."

　"네…… 안녕히 주무세요, 리디아 님……."

　리디아에게 안겨, 그녀의 팔 안에서 눈을 감았다.

　자신보다 커다란 몸. 부드러운 육체. 여성 특유의 달콤한 향기.

　자연스레 이리나는 어머니를 떠올렸다.

　어머니가 살아 계셨을 때는 전혀 고독하지 않았다. 어린 이리나는 어머니가 세상 전부여서, 그녀만 있으면 자신은 평생 행복하다고 진심으로 믿었다.

그러나 어머니는 이제 안 계신다.

어머니를 잃은 것이 이리나에게 큰 고독을 주었고, 그것은 아드와 만나며 조금씩 치유됐지만 완치는 아니었다. 분명 죽을 때까지 이 고독은 응어리처럼 남을 것이라고 생각했다.

그러나 지금 이리나는 리디아를 제2의 어머니로 인식한 거겠지.

마치 어머니와 함께 있는 것처럼 더할 나위 없는 행복이 이리나의 마음속에 있었다.

그러나.

그렇기에 무척이나 슬퍼졌다.

그 이유는———.

제2의 어머니조차 언젠가 자신의 앞에서 사라질 것이다.

언젠가는 예전 시대로 돌아가야 하니까.

하지만…… 그것만이라면 참을 수 있었다.

이리나는 눈을 살짝 뜨고서 리디아의 자는 얼굴을 바라보며 생각했다.

'이 사람은 죽어.'

'비극적인 결말을 맞이하게 돼.'

그것은 역사에 새겨진 일이다.

그렇더라도, 설령 그것이 운명이라 해도.

'그런 건.'

'그런 건 절대로 싫어……!'

그러나 자신이 무엇을 할 수 있을까.

언젠가 찾아올 숙명에 이리나는 갑갑하기만 했다.

제43화　전직《마왕》님과 고대 전장 전편

　전선 도시 에텔에서 보낸 며칠은 순식간에 흘렀고, 우리는 드디어 출격 전날 밤을 맞이했다.

　"그럼 며칠 전에 이야기했던 것처럼…… 두 분께 전용 마장구를 건네 드리겠습니다."

　리디아의 저택. 나는 이리나와 지니에게 그렇게 말하고서 바로 옆 책상에 시선을 보냈다.

　둥근 모양의 목제 책상 위에는 마장구 두 쌍이 놓여 있다.

　하나는 진홍색 다리 장갑.

　하나는 황금색 창.

　마지막 하나가 하늘색 팔찌였다.

　이것들은 전부 이리나와 지니를 위해 급조한 것. 솔직히 말해 그녀들의 전투 능력은 이 시대에서 전혀 통하지 않는다. 자칫하면 세 살배기 아이보다도 떨어질 것이다.

　따라서 마장구로 전력 강화는 필수였다.

　"저기, 아드! 이 붉은 건 다리에 차는 거지?! 이건 어떤 마장구야?!"

　눈을 반짝이며 질문하는 이리나. 아무래도 디자인이 마음에

든 모양이다.

밤을 새우며 그녀가 좋아할 법한 모양을 고민한 보람이 있었다.

내심 이리나의 반응이 기뻤던 나는 마장구의 효과를 설명했다.

"이 마장구에는 착용한 사람의 기동력을 높여주는 술식만이 아니라 비행 기능도 부여해뒀습니다. 지상에서의 고속 운동만이 아니라 공중으로 비상하여 3차원적인 전투가 가능해집니다. 입체 기동으로 적을 농락하는 것이 기본 콘셉트죠."

"흐음. 비행 기능이라는 건 매력적이네!"

"개인적으로는 고속 운동이라는 게 궁금한데…… 어느 정도의 속도로 움직일 수 있나요?"

"글쎄요. 뭐, 못해도 음속 수준은 보증하겠습니다."

"" 으, 음속?!""

눈이 휘둥그레져 외친 두 사람. 현대인인 두 사람에게는 당연한 반응이겠지만…….

이 시대에서는 음속 기동은 무척이나 당연한 일이다.

"여기 있는 창은 공격용 마장구입니다. 마력을 흘려 넣으면 뇌 속성 마법이 발동합니다. 그 효과는, 그렇군요…… 뭐, 일격에 300명 정도라면 섬멸할 수 있을 겁니다."

""300명을 일격에?!""

"마지막으로 이 팔찌는 장착한 사람의 생체 반응을 항상 감지하도록 했습니다. 치명상을 입으면 부여된 술식으로 순식간에 회복합니다."

""치, 치명상을 순식간에?!""

이럴 때 이 두 사람은 정말 죽이 잘 맞는다. 마치 자매처럼.

"미, 믿을 수 없는 효과, 이긴 한데요……."

"만든 사람이 아드니까……."

재차 반했다는 것처럼 두 사람이 바라보자 멋쩍은 기분이 들었다.

……어쨌든 이제 준비가 끝났다.

그런고로 다음 날. 시간은 이른 아침.

우리는 베다 군을 따라 목적지로 이동 중이다.

행군 자체는 고대나 현대나 별반 다르지 않다.

보병은 직접 걷고 장교와 기병은 용마(龍馬)에 타서 이동한다.

용마라는 것은 이름 그대로 용과 말이 섞인 짐승으로 분류상으로는 마물의 일종이다. 그러나 이 용마는 지능이 무척 높아 사람을 잘 따른다. 따라서 용마는 몇 안 되는 인간과 공존할 수 있는 마물로 알려져 있다.

고도의 지성과 강인한 각력, 개체에 따라 상황에 맞춰 마법도 발동할 수 있다. 그런 용마는 무척이나 귀중한 존재로, 용마를 부여받은 병사는 군에서도 최상위권 사람들뿐이다.

따라서 나와 이리나, 지니는 걸어서 행군했다.

"……뭐랄까, 역시 고대 세계는 터무니없네요."

옆에서 걷던 지니가 체념한 감정이 담긴 목소리를 냈다.

원인은 역시 이 행군 때문일 것이다.

앞에서 서술했던 것처럼 현대나 고대는 행군 형식이 똑같다.

다만…… 그 광경은 너무나도 달랐다.

현대에서는 아무리 가까운 전장이라도 최소 며칠은 반드시 걸린다.

그러나.

고대에서는 어지간히 먼 곳이 아닌 한 몇 시간 이내에 전장에 도착한다.

그럴 수 있는 이유는 보병이나 기병의 이동 속도가 확연하게 빠르기 때문이다.

용마는 현대에도 남아 있으며 그 주행 속도는 일반적인 말의 몇 배. 그러나 그것은 《마소》 농도가 저하되어 종으로서의 힘이 크게 열화된 현대의 이야기.

《마소》 농도가 높은 고대의 용마는 현대와 비교해 수십 배의 속도로 주행할 수 있다.

또한 보병의 기초 능력도 현대인과 비할 바가 아니다. 용마 수준의 속도를 달릴 수 있는 인간은 몇 안 되지만 그렇다 해도 상식을 뛰어넘는 속도였다.

흙먼지를 피우며 맹렬하게 나아가는 군세. 너무나도 황당한 광경일 것이다.

게다가 그런 무리 안에 현대인인 자신이 있다는 점도 그녀에겐 기묘한 상황으로 느껴질 것이다.

그렇다, 그녀와 이리나도 음속으로 달리고 있다.

이것은 어젯밤에 건넨 붉은 다리 갑옷에 부여한 마법 술식 덕분이다.

"하하하하하! 나는 지금 바람이 됐어! 하하하하하!"

"뭐랄까…… 꿈이라도 꾸는 것 같네요……."

두 사람 모두 예상했던 반응을 보이며 대지를 박차고 있다.

어쨌든 내가 준 마장구로 지니와 이리나는 이 시대에서도 충분히 싸울 힘을 얻었다. 적어도 어지간한 상대에게는 밀리지 않을 것이다.

이 두 사람은 솔직하고 성실하니 선물 받은 절대적인 힘을 자신의 역량이라고 착각할 걱정도 없다.

다만.

걱정되는 것은 우리의 이리나 양이다.

"그런데 이리나. 어젯밤도 리디아 님과 동침하셨나요?"

"응! 리디아 님은 남자다운 것만이 아니라 귀여운 면도 있어! 리디아 님은 어젯밤에 갑자기 일어나서——."

묻지도 않았는데 이리나의 입에서 리디아의 이야기가 계속해서 흘러나왔다. 그런 그녀에게 겉으로는 미소를 지으면서도.

"그래서 말이지! 리디아 님이!"

"그렇군요."

"리디아 님은 의외로."

"그거 다행이군요."

진지하게 이야기를 들어주고 맞장구를 쳐주고 있지만.

내심 리디아에게 질척한 감정이 솟아났다.

그 자식. 우리 이리나에게 손을 댄 건 아니겠지.

무슨 일이 생기면 달려갈 수 있게 감시용 초소형 마도 장치를 남몰래 방에 보내고 있지만, 그 녀석이 매번 은근슬쩍 없앴다.

따라서 나는 실내에서 둘이 무슨 대화를 나누는지 전혀 파악하지 못했다. 그런 상황이다 보니 불안이 불안을 불렀고, 드디어 어젯밤에는 위궤양에 걸렸다.

설마 다시 만나고 며칠도 안 돼서 내 위에 구멍을 뚫을 줄이야.

리디아라는 여자는 정말이지 내 천적이다. 불구대천의 원수다.

리디아와 재회한 뒤로 이리나는 매일같이 리디아 이야기뿐.

얼마 전까지는 항상 나와 함께 있으며 내 이야기만 했었는데 지금은 리디아, 리디아 타령이다.

그러나 딱히 질투하는 것은 아니다.

리디아에게 이리나를 빼앗겼다 해서 조금도 화나지 않았다.

다만 나는 순수하게. 순수하게 이리나를 걱정하는 것뿐이다.

그 커다란 가슴을 좋아하는 변태가 언제 이리나에게 마수를 뻗을지……!

이 전쟁이 끝나는 대로 리디아도 감지할 수 없는 감시 장치를 제작해야 한다!

모든 것은 우리 이리나를 위해서!

그녀의 정조만큼은 무슨 수를 써서라도 지켜야 한다! 친구로서!

……그런 식으로 내심 결의를 다졌을 무렵.

우리는 전장에 도착했다.

아라리아 평야의 한복판일까. 주변 일대는 다소 굴곡진 지형이 펼쳐져 있을 뿐 딱히 수상한 기척은 없었다.

오히려 무척이나 한적한 경관이 펼쳐져 있어서 지금부터 피로 얼룩진 전쟁이 시작된다는 실감이 들지 않았다.

덧붙이자면 우리 베다 군이 대기하는 곳은 전사들이 본격적으로 맞붙는 곳에서 상당히 떨어진 곳이다.

더더욱 전쟁 기분이 들지 않았다.

하지만.

"드, 드디어 시작, 되겠네요."

"괘, 괜찮을까…… 리디아 님……!"

전장을 체험한 적이 없는 이 두 사람은 느끼는 형태가 크게 다른 모양이다.

시작되기 전부터 이미 이리나와 지니는 식은땀을 흘렸다. 그러나.

정면, 아득히 먼 곳에서 전쟁이 시작된 이후.

이리나와 지니는 식은땀 하나 흘리지 않게 됐다.

그 이유는 아마도 하나.

너무나도 믿을 수 없는 전장의 광경에 그저 멍해질 수밖에 없는 것이리라. 받아들이기 힘든 현실 앞에서 사람은 오히려 냉정해지는 법이다.

"……뭐랄까 갑자기 날씨가 바뀌거나 엄청나게 큰 빛기둥이 서기도 하는데…… 내가 잘못 본 걸까?"

저편에서 전개되는 전황을 바라보며 한 말이다.

"……이 시대는 죽은 사람이 간단히 되살아나네요."

이쪽으로 운반된 너덜너덜한 시체가 특수 마법진 위에서 원래대로 부활한 순간을 보며 한 말이다.

참고로 이 시대, 죽은 사람의 소생은 그다지 드문 일이 아니다. 다만 그것은 영체가 이 세계에 남아 있을 경우에만. 장교 수준의 전투에서는 상대의 영체까지 없애는 전투가 벌어지기에 일반 병사는 죽어도 죽지 않을 가능성이 크지만, 장교는 쉽게 명계로 간다는 것이 이 시대의 전투 상식이다.

그런 점도 현대와는 다르다. 현대에서는 일반 병사가 쉽게 죽고 무능한 장교가 살아남기 쉽다. 정말이지 개탄한 일이다.

"구호반! 구호반을 불러라아아아아아아!"

"손발이 뽑힌 정도로 돌아오지 마! 빨리 죽고 오라고!"

"아, 그 시체는 그냥 방치해. 베다 님이 그 녀석의 신체 데이터를 갖고 싶어 하셨으니 잠깐 해부해야 해."

후방 부대와 함께한 것은 오랜만이지만 역시 이곳도 나름 정신없다.

많은 인원이 급히 오가며 거친 목소리가 사방팔방에서 들려왔다.

전세에서의 반생은 이것이 일상다반사였다.

정말이지 그리운 기분이 드는데…….

바로 그때였다.

"으아아아아아아아아아아?!"

날카로운 비명과 함께 파괴되는 소리가 귓가를 때렸다.

무척 가까운 곳에서 발생한 소리에 이리나와 지니는 움찔몸을 떨었다.

"지, 지금 그건……?!"

"흠. 아무래도 적습인 듯하군요."

"저, 적습이라니……!"

대량의 땀을 흘리며 떠는 두 사람과는 다르게 나는 냉정함을 유지한 채 소리가 난 쪽을 바라보았다.

연기가 하늘 높이 피어오르고 여전히 비명과 굉음이 울렸다.

그런 상황에서 지니는 겁에 질린 모습으로 말했다.

"후, 후방까지는 적이 오지 않는 게……!"

"그렇지도 않습니다. 병참이나 의료를 방해하는 것은 전쟁의 정석이니까요. 최전선과 비교해 조금은 안전할 뿐 적습이 전혀 없는 것은 아니에요."

큰 소동이 벌어지는 상황에서 나는 침착하게 대답했다.

그 직후의 일이다.

"하하하! 역시 버러지들을 짓밟는 것은 기분 좋군!"

강인함이 느껴지는 두꺼운 목소리가 들렸다.

그쪽으로 시선을 돌리자…… 몇 명을 거느린 덩치 큰 남자가 보였다.

근골이 장대한 거구를 진홍색 갑옷으로 가리고 있었고, 그 풍모는 정말이지 역전의 무사와 같았다. 거느린 부하들도 상당한 인상이었다.

"아마도 저 사람이 습격 부대의 대장이겠군요."

그렇게 중얼거린 나는 이리나, 지니에게 이렇게 말했다.

"그럼 다녀오겠습니다."

대답이 돌아오지 않는다. 두 사람 모두 저 《마족》이 내뿜는 아우라에 압도된 모양이다.

뭐, 어쩔 수 없지.

이 시대에서 《마족》은 현대와 비교할 수 없을 정도로 강하다.

하지만.

내가 볼 때 저 《마족》은 절대 두려워할 정도는 아니었다.

당연하다.

후방 부대를 공격하는 정도의 공격을 맡은 인물이 강력할 리가 없다.

"《마왕》과 만나기엔 조금 부족하겠지만…… 공적은 공적이 겠군요."

호전적인 감정이 솟아올라 미소로 나타났다.

오랜만에 제대로 된 《마족》과 싸우기에 앞서 나는 감정이 고양되는 것을 느꼈다.

제44화 전직 《마왕》님과 고대 전장 후편

"후하하하하! 울어라! 소리쳐라! 내장을 쏟아내라!"

환희와 광란에 찬 목소리로 소리친 거한 《마족》이 오른팔을 하늘로 들어 올렸다.

순간 다섯 개의 마법진이 출현. 직후 마법진에서 수많은 번개가 사방팔방으로 뻗었다.

5중 영창인가. 역시 이 시대의 《마족》은 현대와는 격이 다르다.

하지만.

"이 정도라면 죽일 것도 없지만."

살짝 중얼거리며 마법 원격 발동을 실행.

번개가 뻗은 곳, 아군 병사를 감싸듯 수많은 방벽이 나타났다.

거한 《마족》이 발사한 번개 전부가 방벽에 충돌해 사라졌다.

"호오……!"

목숨을 구한 아군 병사들이 뿔뿔이 도망치는 도중.

"방해한 게 네놈이냐? 애송이."

거한 《마족》과 그 부하들이 번뜩이는 눈빛을 이쪽으로 보냈다.

비전투원이라면 엉덩방아를 찧을 투기였지만 내게는 어설플 뿐.

"그렇습니다."

산뜻한 기분으로 미소를 지으니 거한 《마족》이 이를 드러내며 웃었다.

"방금 마법, 12중 영창으로 보였다만…… 기분 탓인가?"

"아니요. 당신의 눈은 틀리지 않았습니다."

"……그 나이에 12중 마법을 동시에 발동할 수 있다고?"

"의심된다면 확인해 보시죠."

두 팔을 벌리며 해 보라는 말을 했다.

그러자.

"얘들아! 저 꼬맹이를 도륙해라!"

두꺼운 목소리가 울리자마자 적 여럿이 일제히 움직였다.

아무래도 상대는 수적으로 유리하기에 나를 얕보는 모양이다.

발동한 것은 공격 마법이 아니라 신체 기능 강화 마법이었다. 강화된 힘으로 격렬히 돌진하며 각자 손에 든 검과 창과 같은 무기로 공격해 왔다.

상대의 표정에서는 그 심리가 훤히 보였다.

『애송이 자식, 가볍게 죽여주마.』

난폭한 생각을 본 나는.

"하수의 하급이로군요."

미소를 유지한 채 움직였다.

나 역시 공격 마법을 발동하지 않았다. 이런 졸개들에게는 사용할 가치도 없었다.

신체 기능 강화 마법을 발동해 맨손으로 대응했다.

창끝을 손바닥으로 튕기는 동시에 날카롭게 파고들어 손등 돌려치기를 안면에 먹였다.

세로로 휘두른 검을 아슬아슬하게 피한 뒤 하복부에 발끝을 찔렀다.

내 옆얼굴을 때리려고 휘두른 곤봉을 주먹으로 쳐 분쇄한 뒤 전광석화 같은 돌려차기를 적의 옆구리에 넣어주었다.

순간의 판단이 요구되는 초고속 근접 전투.

그 전투를 제압한 것은…… 바로 나 아드 메테오르였다.

"이것 참. 이 정도 상대로는 준비 운동도 안 되겠군요."

땅에 널브러진 《마족》들을 내려다보며 '후우.' 하고 숨을 내쉬었다.

그런 나에게 거한 《마족》은.

"크하하하하하! 제법이구나, 애송이! 나 보르간이 직접 죽일 가치가 있겠어!"

맹렬하게 소리치며 공격 마법을 발동했다.

적의 정면으로 열 개의 마법진이 출현하고는.

"받아라! 《볼텍 버스트》!"

푸른색으로 빛나는 열선이 일제히 발사됐다.

열 개의 마법진에서 발사된 엄청난 고열은 이윽고 하나로 뭉쳐 내 온몸을 소멸하려 쇄도했다.

그러나.

"중수의 하급, 이라고나 할까요."

한 손을 아무렇지 않게 들고서 방어 마법을 발동.

내 정면에 기하학 문양이 나타난 뒤, 그것이 반투명한 방벽으로 바뀌었다.

그 순간.

푸른색 열선과 방벽이 충돌해 주변 일대에 충격파가 퍼졌다.

막대한 고열이 반투명한 벽에 막혀 흩어졌다.

적이 쏘아낸 공격은 결국 목적을 이루지 못한 채 사라졌다.

"호오……! 그 나이에 상급 방어 마법을 무영창으로 사용할 줄이야……!"

절반은 감탄. 나머지 절반은 희열.

거한 《마족》, 보르간의 마음속은 사냥할 맛이 나는 적을 발견해 더할 나위 없이 고양됐을 것이다.

그러나…… 반면 나의 마음은 빠르게 식었다.

"하아. 오랜만에 뼈대가 있는 《마족》과 싸울 수 있겠다고 조금은 기대했습니다만. 아무래도 제 착각이었던 것 같군요."

"뭐야……?! 설마 애송이, 이 보르간을 얕보는 건가!"

"안타깝게도 그럴 수밖에 없군요."

"이 자식……! 고작 인간용 상급 마법을 쓸 수 있는 정도로 잘난 척……."

"그렇게 생각하는 걸 보니 역시 당신은 중수의 하급 정도의 적입니다."

나는 보르간의 말을 끊고서 현실을 깨닫게 해주었다.

"아까 제가 사용한 마법은 상급 방어 마법이 아닙니다. 아무런 흥도 없는 하급 방어 마법이지요."

"뭐라고……?!"

눈을 부릅뜬 보르간에게 나는 말을 이었다.

"당신도 아는 것처럼 마법이라는 것은 술식에 넣은 마력의 양으로 효력도 달라집니다. 방금 당신이 사용한 마법은 조금 많은 마력을 넣은 하급 방어 마법으로도 충분히 대응할 수 있는 정도의 기술에 불과했죠."

후우, 한숨을 쉬고서 처음으로 눈을 날카롭게 떴다.

"당신과 싸우는 것은 어린아이와 노는 것만 못합니다. 시간을 오래 끄는 것은 시간 낭비의 극치. 그러니…… 이 싸움은 앞으로 세 수로 끝내겠습니다."

그렇게 선언하자 보르간의 거대한 몸에서 범상치 않은 살기가 뿜어졌다.

"얕보지 마라, 빌어먹을 애송이가!"

노성이 대기를 뒤흔들고.

상대의 앞에 거대한 마법진이 나타났다.

"명계에서 자신의 자만심을 후회해라! 《올 엔드 이반》!"

외침과 함께 대형 마법진에서 수많은 번개가 쏘아졌다.

단번에 이쪽으로 날아드는 수많은 전격. 그 광경은 제법 아름다웠지만…….

역시 중수의 하급이라는 평가를 뒤집을 정도는 아니었다.

"진짜 전격이라는 것을 보여드리겠습니다."

눈앞에 손을 뻗어 순식간에 술식을 구성.

마력을 소비함과 동시에 대형 마법진이 나타났다.

그러자 칠흑의 번개가 쏟아져 격렬한 섬광과 함께 굉음을 냈다.

뇌 속성 중급 공격 마법 《히드라 블래스트》.

다수의 검은 번개가 뱀처럼 뻗어 적이 발사한 번개와 충돌했다.

내가 발사한 번개 뱀 무리는 순식간에 상대의 전격을 삼키고는 그대로 보르간에게 쇄도.

녀석의 거구를 삼켰다.

······이것으로 한 수.

《히드라 블래스트》의 맹렬한 행진이 지나간 뒤.

보르간은 온몸에서 연기를 피우면서도 두 다리로 버텨냈다.

그러나.

"이, 이런 말도 안 되는······!"

이미 만신창이다. 제대로 싸울 수 있는 상태가 아니다.

게다가 방금 일격은 비장의 수단이었을 것이다. 그것을 간단히 없앴으니 거한 《마족》은 동요한 기색을 감추지도 못했다.

보르간은 심신 모두 내몰렸지만 체념하지 않았다.

번뜩 옆을 본다. 그 시선이 향한 곳에는.

"힉?!"

내 싸움을 곁에서 지켜보던 지니의 모습이 있었다.

"크으, 우오오오오오오오오!"

보르간은 부르짖으며 지니에게 달려갔다.

예상대로 그녀를 인질로 잡기 위해 움직이는가.

지니는 다가오는 《마족》의 박력에 압도됐는지 전혀 움직이지 않았다.

바로 옆에 있던 이리나 또한 그녀를 돕기 위한 행동을 할 수 없었다.

두 사람 모두 이 시대의 《마족》에게 맞서기엔 아직 심신 모두 부족했다.

"아직이다! 아직 나는 끝나지 않았다아아아아아!"

그렇게 소리친 보르간은 지니와의 거리를 좁혔다.

앞으로 열 걸음. 아홉. 여덟. 그리고.

일곱 걸음 앞까지 왔을 때.

삐, 하는 이상한 소리가 울렸다.

순간 보르간의 발밑에 마법진이 나타나 은백색으로 빛나는 빛기둥이 하늘로 뻗었다.

보르간은 그 기둥에 전혀 대응하지 못한 채 삼켜졌다.

"말도, 안 돼…… 이, 내가…….."

검게 그을린 온몸이 지면으로 넘어졌다.

"이것으로 두 수. ……아, 한 수 빨리 끝내고 말았군요."

이렇게 될 것을 예상한 나는 사전에 함정 마법을 발동해두었다.

상대의 행동은 대부분 예상대로였지만.

한 수 정도 상대를 과대평가하고 말았다. 아직 나도 공부가 부족하다.

"후우…… 무사한가요, 지니."

"아으, 네."

어지간히 무서웠는지 지니는 주저앉고 말았다.

그 옆에서 이리나가 안도의 한숨을 쉬었다.

"역시 아드야! 저렇게 강해 보이는 《마족》도 아드한테 걸리면 한 방이네!"

"칭찬해주셔서 고맙습니다."

미소를 보이는 이리나에게 인사로 답했다.

그러자 주변 사람들도 전투가 끝난 것을 이해했는지.

"괴, 굉장해……!"

"어째서 저런 괴물이 후방 지원을 하는 거지……?!"

"터무니없잖아, 저 마법……!"

저마다 칭찬하는 말을 쏟아냈다.

역시 전투 요원이 아니니 역량을 재는 척도가 부족하다.

저런 삼류를 정리한 정도로 영웅을 보는 시선을 보낼 줄이야.

내가 한 일은 대단한 공적도 될 수 없는…….

"우오오오오오오! 적은 어디냐아아아아아아!"

익숙한 소녀의 외침이 귓가를 때렸다.

그쪽을 바라보니 조금 떨어진 곳에 붉은 머리카락의 소녀, 실피가 숨을 헐떡이며 서 있었다.

가벼워 보이는 가죽 갑옷을 온몸에 두르고 있었고 군데군데 상처가 보였다.

말 그대로 전장에서 막 돌아온 모습이지만…… 그런 것은 아무래도 상관없었다.

신경 쓰이는 점은.

"아무래도 우리가 오기 전에 끝난 모양이네."

실피 곁에 리디아가 서 있었다. 그것이 정말로 이상했다.

리디아는 여전히 평소 복장으로 전장에 나섰다. 위에는 천한 장으로 가슴을 가리는 정도. 하얀 팔뚝과 단련된 복근을 대범하게 노출했다. 아래는 하늘하늘한 바지를 입었을 뿐 금속 종류는 전혀 보이지 않았다. 이 여자는 몸을 지킨다는 생각이 전혀 없기 때문이다.

리디아는 갑옷을 입어 기동력이 떨어지는 것을 싫어했다. 그래서 갑옷 종류는 내던지고 항상 공격하고 공격했다. 공격이야말로 최선의 방어라는 것이 리디아의 전투 철학이다.

……그것을 알기에 영문을 알 수 없었다.

고작 후방 부대가 습격당한 것만으로 리디아가 전선에서 돌아왔다고?

베다가 도시에서 대기하는 지금, 이 합동군의 총대장은 리디아다.

일반적이라면 후방에서 대기하는 것이 기본이겠지만…… 그런 상식은 리디아에게 통하지 않는다. 리디아는 절대 죽어서는 안 되는 대장인데도 일부러 사지에 몸을 내던진다. 그리고 실피를 시작으로 몇 명의 측근과 함께 독립된 아군 부대를 편성해 전장을 종횡무진 휩쓸며 전황을 휘젓는다.

이런 점은 우리 군이 자랑하는 최강이자 최악의 전투광 알버트와 비슷하다.

그래서 리디아가 후방 부대의 위기를 느끼면.

『야, 실피! 뒤가 위험하다네!』

『좋았어, 제게 맡겨줘요!』

이런 식으로 실피만 돌아가지 않았던가?

그러나 다른 상황이 일어났다.

어째서인지 누구보다도 전선에서 싸우는 것을 바라는 리디아가 여기에 서 있다.

그 사실에 강한 의문을 품고 있자니.

"……야, 아드. 네가 이 녀석을 쓰러뜨렸어?"

검게 그을려 쓰러진 적장 보르간을 가리켰다.

"그렇습니다."

"……죽이지도 않았지?"

"네. 제가 직접 처리할 것도 없는 상대라고 판단했습니다. 그리고 이 정도의 무인이라도 장수는 장수. 적군의 정보를 얻을 수도 있다고 생각해 일부러 생포하는 선택을 했습니다."

"흐음…… 그러니까 너는 이 녀석을 일부러 죽이지 않고 생포할 수 있는 역량을 지녔다는 거지."

어째서인지 리디아가 즐거운 듯 웃기 시작했다.

……어째서일까. 서로의 인식이 맞물리지 않는 것 같았다.

"저, 리디아 님. 이 보르간이라는 장수는…… 적군 중에 밑에서 세는 편이 빠른 존재가 아닙니까?"

이 질문에 리디아는.

큭큭 웃으며 반쯤 황당하다는 얼굴로 자신의 은발을 긁적이며 말했다.

"아니야, 이 멍청아. 네가 두들겨 팬 건 우리가 노리던 대장군이다."

"······네? 대장군?"

이 녀석이? 대장군이라고?

"크으으으! 공적을 가로채다니! 신입 주제에 건방져!"

조금 떨어진 곳에서 분한 듯이 발을 동동 굴리는 실피.

"그만큼 아드가 굉장하다는 거지! 역시나 내 아드야! 처음 출진해서 대장군을 사로잡다니!"

뻐기듯 커다란 가슴을 펴고 "흐흠." 하고 콧김을 내뿜는 이리나.

"뭐, 어쨌든. 대단하네, 너."

크하하, 호쾌하게 웃은 리디아는 내 등을 팡팡 때리며 칭찬했다. 이런 행동들도 오랜만이라 두 번 다시 없을 것이라 생각했기에····· 뭐, 기쁘긴 하다.

그러나····· 기쁜 반면 의문도 강했다.

이 보르간이 대장군이라고? 그런 인물이 후방 부대를 공격하는 것은 일종의 전법으로 이해할 수 있다.

그러나 그런 인물을 지금의 내가 쓰러뜨리는 것이····· 가능한 일인가?

전성기의 나, 다시 말해 바르바토스였던 시절이라면 이번 결과는 당연한 귀결이다.

그러나 지금 나는 아드 메테오르.

고대의 평균 수준의 재능밖에 없는 평범한 마을 사람이다.

……일단 내게는 이전 《마왕》으로서의 지식과 경험이 있고, 유년기부터 쉴 틈 없이 노력해왔다.

하지만 그렇다 하더라도.

이 시대의 대장군을 가볍게 물리칠 정도의 역량이 있을까?

……어딘가 이상한 위화감이 든다.

그렇기에.

큰 공적을 세워 목적 달성에 빠르게 다가간 사실을 솔직하게 기뻐할 수 없었다.

전선 도시 에텔을 떠난 뒤 아직 하루도 지나지 않았다.

시간은 아마 낮과 저녁 사이 즈음일까.

푸르른 하늘에는 찬란하게 빛나는 태양이 대지를 밝게 비추었다.

그러는 중. 엄청나게 짧은 시간에 전쟁을 마무리 지은 리디아&베인 합동군은 절반가량의 병사를 간이 요새에 주둔하고 전선 도시 에텔로 돌아갔다.

앞으로는 간이 요새를 중계점으로 최대 목표인 《마족》령의 대도시, 아르메디오를 함락하기 위한 작전이 펼쳐질 것이라고 한다.

그렇게.

귀환하는 길은 갈 때와 비교해 느긋한 보폭이었다.

군에는 방금 전투로 지친 사람도 많으니 그들에게 맞춰 천천히 행군하는 것이라고 한다.

그중에서 아드 메테오르라는 존재는 정말이지 갑자기 나타난 초신성이었다.

"처음 출진해서 대장을 잡다니, 들어본 적도 없다고!"

"아니요, 그렇게 대단한 건 아닙니다."

"구해줘서 고맙다! 이 은혜는 언젠가 배로 갚을게!"

"아니요, 신경 쓰지 마세요."

사람들에게 둘러싸여 감사와 칭찬의 말을 잔뜩 듣는 아드.

조금 곤란한 듯이 웃으며 대응하는 그와…….

"흐흠~! 내 아드한테 걸리면 이 정도는 식은 죽 먹기지!"

"크으! 뻐, 뻐기지 말라고! 대장을 잡은 횟수는 내가 훨씬 더 많으니까!"

아드를 둘러싼 사람들에게 자랑스러운 표정으로 가슴을 피는 이리나.

칭찬받는 아드에게 분한 듯이 말을 던지는 실피.

한편 아드의 모습을 멀리서 바라보는…….

서큐버스 소녀, 지니는 자랑스러운 듯 미소 지었다.

'역시 아드 군은 굉장해요……!'

그가 칭찬받으면 지니와 이리나는 마치 자기 일처럼 기뻐했다.

당연하다. 좋아하는 사람이 활약하는 모습을 보면 이렇게 되기 마련이다.

그렇기에 지니는 그저 아드에 대한 칭찬과 그와 친구인 것이 자랑스러울 뿐이었다.

그런 그녀에게.

"저, 저기, 너 말인데. 저 녀석 친구지?"

옆에서 누군가 말을 걸었다. 아직 앳된 소년이었다.

'이런 아이도 전장에 나가는 시대구나.'

'나하고 딱히 다르지 않은데.'

다시금 고대 세계의 힘든 상황을 느끼면서 지니는 소년에게 미소로 답했다.

"그래, 맞아요. 저는 아드 군의 친구……라기보다 신부 제1호 예요 ♪"

"어, 시, 신부……?!"

눈을 크게 뜬 뒤, 확연하게 실망한 표정을 한 소년.

지니는 이런 일에 둔감하지 않다. 그래서 그의 감정을 바로 이 해했다.

더욱 말하자면…… 이럴 때 남자가 그렇게 간단히 포기하지 않는다는 것을 잘 알고 있다.

"그, 그렇구나~ 흠~ 뭐, 저 녀석은 그렇다 치고…… 나, 나는 너한테 흥미가 있어!"

직설적으로 다가왔다. 그러나 안타깝게도 지니는 소년에게 별 흥미가 없었다.

아드 이외의 이성과 그런 관계가 될 생각은 전혀 없었다. 따라 서 지금은 서둘러 자신의 의사를 밝혀야겠다고 생각했을 때였 다.

"너도 저 녀석처럼 굉장하지?! 그 장비도 특별히 만든 느낌이 잖아!"

그 말이 가슴을 파고들어 지니는 입을 다물고 말았다.

그리고.

"마지막에는 《마족》이 공격하려 했지만…… 너, 너라면 그런 녀석은 순식간에 해치울 수 있잖아?! 아, 정말 부럽다고나 할까!"

소년은 일단 칭찬해서 기분 좋게 하자는 작전이겠지만.

안타깝게도 역효과였다.

"……아니요. 저는 전혀 굉장하지 않아요."

조금이지만 암담한 음색이 섞였다.

어쩌면 표정에도 나타났을지도 모른다.

"어? 저기, 그게…… 뭐, 뭐랄까, 미안."

그 이상 계속했다간 치명적인 실패가 기다린다는 것을 깨달았을까. 소년은 멋쩍은 표정으로 사과한 뒤 곧바로 도망치듯 멀어졌다.

그런 그의 모습을 바라보며 지니는 탄식했다.

'특별, 이라. 그럴 리가 없어.'

'아까도…… 아드 군이 구해주지 않았더라면 어떻게 됐을지.'

그 심경을 나타내듯 머리의 날개가 힘없이 늘어졌다.

다시 한번 한숨을 쉰 지니는 아드를 바라보았다. 그는 여전히 수많은 사람에 둘러싸여 있고 그 곁에는 이리나와 실피의 모습도 있었다.

……방금 소년과 나눈 대화가 원인일까.

저 사이에 자신이 있어도 되는 걸까 싶었다.

'역시 아드 군은 특별해.'

'미스 이리나나 미스 실피도…….'

'하지만 나는…… 나는 아니야…… 다른 사람들과 달라…….'

지니도 희소종인 서큐버스다. 그 재능은 일반적이지 않다.

그러나 저 세 사람은 너무나도 다르다.

아드 메테오르는 말할 것도 없다.

이리나도 무언가 보통과는 다른 아우라가 있다.

실피는 신화에 이름을 새긴 《격동의 용사》다.

그에 비해 지니라는 인간은 얼마나 왜소한가.

앞선 전쟁에서도 도움이 되기는커녕 자칫 아드의 걸림돌이 될 뻔했다. 저 소년은 《마족》이 공격해도 금방 처리할 수 있었을 것이라고 말했지만 그럴 리가 없다. 아드의 상식 밖의 능력이 있기에 지니는 인질이 되지 않은 것이다.

'……애초에.'

'나였지. 인질로 잡으려 한 건. ……미스 이리나가 아니라.'

'나라면 반격을 당할 염려가 없다고 생각한 걸까.'

그런 식으로 얕보인 것이 너무나도 분했다.

'내가 거기서 제일 약했어. 가장 존재할 의미가 없었어.'

'그래서 선택된 거야……!'

입술을 꾹 깨물며 주먹을 쥐었다.

'……아드 군의 곁에 있을 자격이, 내게 있을까?'

'……미스 이리나와 실피와 친구가 될 자격이 있을까?'

'폐만 끼치는 평범한 내가…… 저 특별한 사람들 곁에 있는 건…….'

용서받지 못할 일이 아닐까?

그렇게 생각할 때였다.

"지니~! 왜 그리 어두운 표정을 하고 있어~!"

가벼운 목소리가 귀에 들어온 순간.

말캉.

누군가가 지니의 풍만한 가슴을 뒤에서 움켜쥐었다.

"크헤헤헤, 역시 지니의 가슴은 최고라니까!"

천박하게 웃으며 말캉말캉 지니의 가슴을 주무른 것은──.

"히익?! 그, 그러지 마세요, 리디아 님!"

전설의 《용사》 리디아였다.

"알았어, 알았어."

지니가 소리치자 그녀는 의외로 간단히 손을 뗐다.

그리고.

"어때? 어두운 기분이 조금은 가벼워졌지?"

옆에 서서 지니의 어깨를 안으며 태양처럼 눈 부신 미소를 보여주었다.

배려해 주었다는 사실을 이해한 지니는 미안한 기분이 들었다.

그런 심경을 읽었는지 리디아가 어깨를 가볍게 툭툭 두드렸다.

"뭘 고민하는 거야. 한번 이야기해 봐. 이렇게 보여도 일단은 보통 사람보다 인생 경험이 풍부하다고. 어쩌면 지니의 고민

을……."

"특별한 당신은 이해하지 못해요."

그것은 반사적으로 나온 말이었다.

말한 뒤에야 지니는 자신의 무례함을 깨닫고 초조해졌다.

"죄, 죄송해요……! 요, 《용사》님께 이런 무례를……!"

사과했지만 리디아는 그 사실에 그다지 흥미를 보이지 않았다.

대신 지니를 똑바로 바라보면서——.

"그렇구나. 넌 한심한 일로 고민하는구나."

그런 말을 했다.

한심하다고.

자신의 고통을 그런 식으로 깎아내리자, 지니는 자신도 모르게 울컥했다.

하얀 뺨이 분노로 붉어지고 멋대로 눈꼬리가 올라갔다.

'한심해?'

'그야 당신처럼 특별하고도 특별한 사람이 볼 때는 그렇겠죠!'

'당신이 나에 대해서 뭘 안다고……!'

그렇게 소리치고 싶었지만 지니는 꾹 참았다.

하지만.

"그래. 나는 입이 찢어져도 자신을 평범하다고 말할 수 없어. 그래서 네 고민은 절대로 이해하지 못하겠지."

마치 자신의 마음을 읽은 것 같은 발언에 지니는 눈을 크게 뜨고 리디아의 얼굴을 보았다. ……무척 맑은 눈동자. 평소에는 변태 영감 같은 여자지만, 이렇게 진지한 얼굴을 하면 마치 세계의 진리를 깨달은 여신처럼 느껴졌다.

"너는 자신을 평범하다고 생각하나 봐. 자신은 동료들과는 다른 인종…… 다른 세계의 인간이라고 멋대로 구별하는 거지. 저 녀석들하고 함께 있을 자격이 있나, 하고 한심한 일로 고민하는 거지?"

지니는 살짝 끄덕였다. 그러자 리디아는 숨을 크게 내쉬었다.

"너 말이야, 사천왕인 올리비아라고 알아?"

"앗, 네. 물론이에요."

"그럼 그 녀석이 특별하다고 생각해?"

"그건…… 당연하잖아요. 그 사람은…….."

《마왕》을 모시는 전설의 사도님이다. 그런 사람을 어떻게 특별하지 않다고 말할 수 있을까.

그렇게 생각한 지니는 리디아가 이어서 한 말을 믿기 어려웠다.

"그 녀석하고는 이따금 같이 술을 마시는데, 어느 날 취한 그 녀석이 이렇게 말했어. 나는 특별하지 않다, 너무나도 평범해서 화가 난다고."

"네?! 올리비아 님이……?!"

"그래. ……믿을 수 없다는 표정이네. 뭐, 일단 들어봐."

그렇게 말한 리디아는 허리춤에 단 가죽 주머니 하나를 꺼내 내용물을 벌컥 마셨다. 그리고 그 가죽 주머니를 지니에게 건넨 뒤 말을 이었다.

"그 녀석은 마법 재능이 없었어. 종족으로서의 스킬…… 일시적으로 신체 기능을 향상하는 정도밖에 재능이 없었지. 그래서 전에는 항상 바르의 걸림돌이 됐고, 그때마다 남몰래 눈물을 훔쳤어."

지니는 건네받은 가죽 주머니를 바라보며 리디아의 말을 들었다.

"당시 그 녀석은 지금 너하고 똑같은 고민을 품고 있던 게 아닐까. 하지만 그 녀석은 포기하지 않았어. 장점을 늘리고 검술이라는 무기를 갈고 닦아서…… 지금은 사천왕이 됐지. 바르의 오른 팔이자 심복. 누구보다도 그 녀석을 지탱해주는 존재가 됐어."

거짓말, 은 아닐 것이다. 지금 리디아의 눈동자를 보고서 거짓말이라고 잘라 말할 수 있는 사람은 분명히 이 세상에 없을 것이다.

하지만 그렇다고 해서.

"……제가 포기하지 않고 노력한다 해서 올리비아 님처럼 될 수 있을까요?"

결국 올리비아도 특별한 재능이 있었기에 그렇게 될 수 있었던 것이 아닐까?

나약한 생각이 지니를 비굴하게 했다.

그런 그녀에게 리디아는.

"쫑알대지 말고."

세찬 목소리를 내며…… 지니의 엉덩이를 강하게 때렸다.

찰싹! 커다란 소리가 울리고 통증이 밀려들었다.

주변에서 "뭐야, 뭐야?" 하고 술렁이며 자신들에게 시선을 보냈지만 지니는 아픈 나머지 부끄러워할 겨를이 없었다.

"무, 무슨 짓, 이에요……!"

울먹이는 눈으로 리디아를 노려보았다. 그러나 그녀는 전혀 미안해하지도 않고 오히려 꽁한 얼굴로 말을 더했다.

"특별하다느니 평범하다느니, 그딴 건 상관없어. 벽이라는 건 나약함이 보여주는 한심한 착각이라고. 아무 생각 말고 그냥 내달리면 돼. 그러면 분명 언젠가 오늘의 자신을 떠올리고서 그 땐 바보 같은 일로 고민했었지, 하고 웃을 때가 올 거야."

그리고 리디아는 온화한 미소로 이렇게 말했다.

"꾸물대지 말고 일단 움직여. 동료의 걸림돌에서 동료가 의지하는 사람이 되기 위해선 일단 움직일 수밖에 없다고. 고민해봤자 지금의 네가 달라지는 일은 절대로 없으니까 말이야."

그 말과 그 미소는 신기한 매력과 설득력이 있었다.

"그러, 네요."

고민이 사라진 것은 아니다. 떨쳐냈다고도 할 수 없다.

하지만.

고민만 하는 자신과는 작별하기로 했다.

지니는 아까 리디아에게서 받은 가죽 주머니를 보고서는.

그 내용물을 단번에 들이켰다.

독한 증류주였다. 목이 타는 것만 같았다.

그러나.

"이거 맛있네요."

탈 것 같은 느낌도. 엉덩이의 저릿한 아픔도.

지금은 어딘가 기분 좋았다.

"하하! 그 맛을 알다니 좋은 여자라는 증거라고."

어깨동무하는 리디아에게 미소를 보냈다.

역시 이 사람은 전설의 《용사》다. 좋든 싫든 주변 사람을 바꾼다.

좋은 방향으로 이끌어준다.

그렇기에 이 사람은 《용사》라고 불리는 것이리라.

……어쨌든.

아주 조금이지만 다시 태어난 것 같은 기분이었다.

나는 이번 일을 크게 평가하지 않았다.

하지만 윗사람들은, 다시 말해 이 시대의 나는 다르게 생각한 모양이다.

이번 공적을 높게 평가한 《마왕》 바르바토스는 우리를 직접 초청했다. 훈장이라든가 칭찬을 내린다고 한다.

우리로서는 상당히 좋은 기회다.

너무나도 예상 밖의 여정이지만…….

《마왕》을 만난다는 목적이 이것으로 이뤄진다.

그리고 출발하는 아침.

현대로 돌아가는 최종 목표를 꿈꾸며 우리는 마차에 올랐다.

제45화 전직《마왕》님과 과거의《마왕》님

이른 아침이었다.

아직 아침 안개도 걷히지 않았는데 우리는《마왕》직할령의 중심인 왕도, 킹스 그레이브로 가는 마차에 올랐다.

"그런데 리디 언니, 저번에 알려준, 그…… 거기가 커지는 체조 말인데, 정말로 효과 있어?"

"……전부터 자주 말했잖아. 믿는 사람에게 구원이 있다고. 자신의 가능성을 믿고 계속 노력하면 사람은 뭐든지 될 수 있다고. 그래…… 작은 녀석도 커다래질 수 있어."

"리디 언니……! 열심히 할게!"

"그래. 네 성장을 기대하마."

마주 앉은 좌석에서 바보 같은 말을 나누며 웃는 두 사람.

그림만 보면 좌절하려는 여동생을 격려하는 아름다운 언니와 같은 광경이지만…….

사실은 '가슴을 키우고 싶은 빈유'와 '그것을 격려하는 성욕마인 변태'이다.

따라서 전혀 아름답다고 느껴지지 않았다.

이 두 명은 저번 전쟁에서 총대장과 부관을 맡았다. 따라서 최대 공적은 이 두 사람이 얻은 것이다. 그런 두 사람을 제치고 우리만 국왕 폐하 바르바토스를 알현하는 것은 군대의 도리에 어긋난다.

그렇게 우리는 리디아, 실피 두 사람과 함께 목적지로 가고 있었는데.

마차에 탄 뒤로 내 양옆에 앉은 두 사람, 이리나와 지니가 한마디도 하지 않았다.

두 사람 모두 창백한 얼굴로 부들부들 떨고 있었다.

아마도 《마왕》을 알현하는 이벤트에 긴장한 탓일 것이다.

고대의 《마왕》, 다시 말해 전생의 나는 숭배와 경외의 대상이었다. 현대에서는 신격화된 탓도 있으니 경외의 감정이 더욱 크다고 할 수 있다.

두 사람은 그런 시대 출신이다.

세계 최대 종교의 주신을 알현한다. 이것이 이 두 사람에게 얼마나 큰 불안과 긴장을 주는지 나로서는 상상도 할 수 없었다.

어쨌든 조용한 여정 끝에 우리는 목적지에 도착했다.

바르디아 제국 수도 킹스 그레이브.

앞에서 이야기했던 것처럼 이 땅을 다스리는 것은 과거의 나이다. 따라서 지금부터 하는 이야기는 전부 자화자찬이 되겠지만.

그래도 말하고자 한다. 이곳 킹스 그레이브는 국내는 물론 고대 세계에서 최고의 발전을 이룩한 도시라고.

이 대도시를 건설하고 유지하기 위해 얼마나 고뇌했는지.

그러나 그 덕분에 왕도는 다른 곳에서는 볼 수 없는 항상 활기가 넘치는 최고의 도시로 성장했다고 가슴을 펴고 단언할 수 있다.

그런 킹스 그레이브의 중앙로를 나아가 도시 중앙에 있는 내성, 《캐슬 밀레니온》에 도착했다.

오랜만에 본 내 성이지만.

다시 한번 자화자찬을 용서해주기를.

내 성, 역시 멋지다.

이 시대에서 건축물은 마법으로 짓는다. 전용 술식을 조합해 마력을 넣으면 누구든 간단히 건축이 가능한 시대다.

그래서일까. 혹은 이 시대의 인간이 대충하기 때문일까.

고대에서는 건축물에 예술이라는 개념을 넣는 사람이 거의 없었다.

그런 시대에서 바르바토스라는 남자는 말 그대로 이단아였을 것이다.

"와아……! 이, 이게 그 《캐슬 밀레니온》……!"

"그, 그분의 성에 어울리는 최고의 성이네요……!"

이리나와 지니도 내 성의 매력에 압도된 듯하다.

흠. 아름답지, 웅장하지 그리고 무엇보다…… 멋지지, 내 성은.

이 《캐슬 밀레니온》은 고대의 최초이자 최고의 예술적 건축물로 불리며, 건축물에 예술적 조형을 추구하는 생각을 세상에 퍼트리는 계기가 됐다고 후세 사람들은 평가한다.

그런 성을 만든 것이…… 바로 나. 기초 설계에서 조형의 세세한 디자인까지 전부 나 혼자서 만들었다.

물론 내가 만들고 내가 사는 최고의 성이다. 그 기능성 또한 사상 최고라고 단언할 수 있다.

이 《캐슬 밀레니온》은 그저 멋지기만 한 성이 아니다.

약 10만3천의 마법 술식을 부여해 유사시에는 무적의 요새가 된다.

나는 지금까지 다양한 물건을 만들었지만, 최고의 병기는 아마도 이 《캐슬 밀레니온》이 아닐까 한다.

우리는 그런 무척이나 아름답고도 정점이라 할 수 있는 성의 내부로 리디아를 따라 입성했다.

"아, 안쪽도 굉장하네."

"호화찬란하다는 말이 이렇게나 어울리는 내관은 본 적이 없어요……."

후훗. 그럼, 그럼.

겉만 좋으면 끝이라는 식의 타협은 일절 하지 않았다.

이 성은 바깥만이 아니라 내부도 형태와 실용성, 양쪽 모두 완벽하다.

……뭐, 그렇지만. 사실 내부의 실용성이라는 점은 완공 당시에는 빈말로도 좋았다고는 말할 수 없었다. 그것을 깨닫게 해준 것은——.

"흥! 이런 성은 그저 크기만 할 뿐 전혀 재밌지 않아! 리디 언니가 만든 성이 100만 배는 더 멋져!"

그렇게 밀도 안 되는 말을 한 바보, 아니, 실피였다.

그것은 이《캐슬 밀레니온》이 완성되고 며칠이 흘렀을 때의 일이다.

당시의 나는 완벽하고도 최고인 성을 만들어 마음의 미숙함을 드러내고 말았다.

다시 말해…… 다른 사람에게 내가 만든 물건을 자랑하고 싶어서 참을 수 없었다.

정말이지 누나 격인 올리비아만이 아니라 머리가 이상한 베다와 알버트조차 멀리서 불러 피로연을 열 정도였다.

……지금 생각해보면 그때의 나는 상당히 부끄러운 녀석이었다.

그 올리비아만이 아니라 머리가 이상한 베다와 알버트조차도.

"뭐, 인간이라면 누구나 들뜰 때가 있지."

라든가.

"오호, 내 주군의 미적 센스는 훌륭하군요. ……그런데 이만 돌아가도 괜찮겠습니까?"

라든가.

평소의 그 녀석들을 아는 사람이라면 믿을 수 없을 정도로 나를 신경 써줬다.

그런 도중 리디아와 실피가 찾아왔다.

"어떠냐, 내 성은. 편하게 감상을 말해봐라."

내심 칭찬이 쏟아지기를 기대하며 흠뻑 들떠서는 두 사람에게 물었다.

리디아는 허리에 두 손을 얹으며《캐슬 밀레니온》의 위용을 바라보며.

"흠~ 좋은 성이네. 다음에 내 성도 만들어줘."

"좋다, 좋다. 뭐든 만들어주마, 내 친구여."

평소에는 절대 보이지 않는 태도에 리디아는 질려버린 듯했지만.

반면 만났을 때부터 줄곧 나에게 대항심을 불태운 실피는 내가 리디에게 칭찬받는 것이 분해서 참을 수 없었는지.

"이, 이런 성! 전혀 대단하지 않아!"

"……뭐?"

"흥! 뭐~가 난공불락에 사상 최고의 성이라는 거야! 우습기 짝이 없네! 나라면 이런 성쯤은 부수는 데 사흘도 안 걸려!"

그런 도전적인 말에 나는 어른스럽지 않게도 이렇게 답했다.

"호오~! 그럼 바보, 아니, 실피여! 이 성을 사흘 내로 공략해보아라! 만약 성공한다면 한 가지 상을 내리마! 하지만 실패한 경우에는 각오해라! 내 성을 우습게 여긴 것을 후회하게 해주겠다!"

이런 사정 끝에 실피의 《캐슬 밀레니온》 공략이 시작⋯⋯된 줄 알았는데.

실제로는 평온하게 시간이 흘러 이틀이 경과. 처음에는 실피의 맹공에 대비해 다양한 준비를 했지만⋯⋯ 전부 허사로 끝났다.

그 바보도 냉정해져서 마음을 고쳐먹고 내 성을 함락시키는 것은 불가능하다고 생각했겠지. 지금쯤 내가 내릴 벌을 줄일 변명을 생각하느라 바쁜 것이 분명하다.

당시엔 그렇게 생각했다만…… 그것은 큰 착각이었다.

실피라는 바보는 언제나 내 예상을 크게 벗어난다.

……사흘째를 맞이한 나는 이제 실피의 존재는 조금도 신경 쓰지 않았다.

왕으로서의 격무를 처리하며 성의 편안함을 즐겼다. 제법 충실한 하루를 보내던 도중의 일이었다.

삐.

아무런 징조도 없이 갑자기 이상한 소리가 울리더니.

삐.

삐, 삐, 삐, 삐, 삐, 삐, 삐, 삐.

삐삐삐삐삐삐삐삐삐삐삐삐삐삐삐삐삐삐삐삐삐삐……

소란스러운 이상한 소리가 이어지자 나는 "설마." 하고 말했다. 그리고 그 순간.

콰아아아아아아아아아앙!

엄청난 고열과 빛의 폭풍이 일어나고…….

나의 《캐슬 밀레니온》이.

정성 들여 만든 최고 걸작이.

누구에게나 자랑하고 싶은 내 아이나 마찬가지인 최고의 걸작이.

순식간에 폐허로 변하고 말았다.

검게 그을린 나는 잠시 멍해졌지만 상황을 만든 장본인의 얼굴을 떠올린 순간 반사적으로 전이 마법을 발동했다.

실피의 앞으로 이동했다.

"하하하하하! 그 모습을 보니 내 승리가 정해진 모양이네!"

나를 가리키며 깔깔 웃는 실피.

"외관만 신경 써서 내관은 엉망이었어! 아무리 강한 존재도 내부는 약한 법! 그런 것도 모르다니, 역시 넌 대단하지도 않네~! 푸푸풉~!"

내 주변을 뛰어다니며 나를 놀리는 실피.

……정말이지 유감이지만 반론의 여지가 없었다.

오히려 나는 고마웠다.

만약 실피보다 먼저 적이 그런 짓을 했다면…….

어쩌면 막대한 피해가 생겼을지도 모른다.

이 녀석은 내 성의 약점을 알려주었다. 그러니.

"실피여, 약속대로 한 가지 상을 내리마."

"어머나, 뭘까? 나로서는 네가 무릎 꿇는 모습을 보고 싶은데! 아니면 알몸으로 춤추면서 사과하기! 실피 님~ 제가 어리석었습니다~ 저는 실피 님의 발끝에도 못 미치는 무능한 녀석이에요~ 하고 춤추면서 삼일 밤낮으로 말하는 거지! 꺄하하! 상상만 해도 웃음이 나와!"

깔깔 웃으며 무릎을 치는 실피에게 나는 생긋 미소를 지었다.

"음. 네놈에게 줄 상은…… 꿀밤이다! 이 빌어먹을 녀석아아아아아아아아아아아아아아아아아아아아아!"

온 힘을 다한 꿀밤이 실피의 정수리에 작렬했다.

감사? 그래, 했지. 하지만 그거하고 이건 다른 이야기야.

내 땀과 눈물과 사랑의 결정을 망가뜨린 멍청이에게 줄 것은 증오를 담은 꿀밤 이외에는 없다.

"……왜 그래, 신입. 내 얼굴에 뭐 묻었어?"

"……아니요. 아무것도 아닙니다."

말할 수 없다.

떠올리니 화가 나서 한 번 더 꿀밤을 먹여주고 싶다고는 절대로 말할 수 없다.

어쨌든.

우리는 리디아의 안내를 받는 형태로 성안을 나아갔다.

이리나와 실피는 무척 긴장한 모습이었다.

"이, 이제 슬슬이겠네……!"

"아, 아…… 서, 설마 그분의 존안을 보, 볼 수 있다니…….."

식은땀을 줄줄 흘리는 두 사람에게 나는 무언가 말을 걸려 했지만.

바로 그때였다.

날카로운 살기가 이쪽으로 날아들었다.

나는 반사적으로 방어 마법을 발동했다.

상급인 《기가 필드》였다.

나만이 아니라 함께 온 사람들 모두를 감싸는 반투명 방벽.

잠시 후 방벽과 붉은색 파동이 충돌했다.

순간 주위로 굉음이 울린 뒤 방벽과 파동이 부딪치는 것으로 발생한 충격파가 주변의 모든 것을 파괴했다.

아무래도 내 방어 마법은 상대의 공격을 막은 듯하다.

하지만 벽면은 부서지기 일보 직전이다.

그런 상태가 공격한 자의 역량을 나타냈다.

"흐하하. 훌륭하군, 훌륭해. 설마 방금 공격을 막을 줄이야."

맞은편에서 그런 말을 한 습격자.

충격파로 파괴가 일으킨 연막에 가려 그 모습은 보이지 않았지만.

연극과 가까운 말투와 교태 있는 중성적인 목소리로 나는 상대방의 정체를 깨달았다.

"……소문은 들었습니다. 하지만."

이윽고 안개가 걷히고 맞은편에 선 상대의 모습도 보이기 시작했다.

그리고 나는 그 모습이 완전히 드러나기도 전에.

눈을 날카롭게 뜨고서 말했다.

"신병을 환영하는 것치고는 다소 과격하지 않습니까? …… 알버트 님."

이름을 부르자 동시에 바람이 불어와 안개 장막이 완전히 걷혔다.

"과격했다면 과격했던 만큼 귀군에 대한 사랑이 깊다고 받아들였으면 좋겠군. 이런 식으로만 애정을 표현할 수밖에 없는 성격이기에…… 귀군처럼 뛰어난 전사를 보면 나도 모르게 죽이고^{사랑 하고} 싶어지지."

맑아진 통로 한복판에서 정신 나간 말을 하는 남자.

저 녀석의 이름은 알버트. 알버트 에그젝스.

사천왕 최강의 남자이자…… 정신 나간 전투광.

그 위용을 한마디로 표현하자면 야성적인 미모라고나 할까.

늘씬한 장신에 두른 검은색과 금색을 바탕으로 한 의상.

얼굴은 얼핏 미녀처럼 보이며 붉은 입술에서는 요염한 색기가 풍겼다.

그런 우리 군 비장의 수단이자 눈엣가시인 남자는, 역시 연극 같은 말투로 말을 이어나갔다.

"그나저나 상상 이상이로군. 보면 볼수록 반할 것 같다. 이번엔 살짝 맛만 보는 정도로 끝내려 했다만…… 진심이 될 것 같군."

온몸에서 뿜어 나오는 흉악한 살기가 한층 강해졌다.

"힉……!"

결국 견디기 힘들어졌는지 이리나와 지니가 엉덩방아 찧었다.

그 순간이었다.

"정말이지…… 여전하구나, 너는."

태연한 모습의 리디아가 조용히 중얼거리더니.

순간 그 모습이 사라졌다.

정말이지 전광석화의 돌진. 리디아는 나조차 인식할 수 없을 정도의 속도로 알버트의 눈앞으로 접근. ……아니, 그저 접근한 것만이 아니다.

어느 틈에 리디아의 오른손에는 애검인 발트 가리규라스가 들려 있었고, 그 은백색 칼끝이 알버트의 목덜미를 겨누고 있었다.

"그렇게 싸우고 싶다면…… 내가 받아주마."

등줄기가 서늘해지는 차가운 음색. 그러나 그것은 알버트에게는 역효과다. 알버트는 기가 죽기는커녕 전투 의욕이 더욱 솟았는지 광적인 미소가 한층 깊어졌다.

"《용사》님이 상대라면 아무런 문제도 없지. 하지만…… 지금 나는 이미 아는 맛보다 미지의 맛을 즐기고 싶군."

"……그런 걸 내가 허락할 것 같아?"

서로 호전적인 미소를 떠올리며 노려본다.

그야말로 일촉즉발. 1초 후에는 전투가 시작되어도 이상하지 않은 긴장감.

그때였다.

"어째서 네놈들은 항상 소란을 일으키지?"

미려한 바람을 떠올리게 하는 맑은 미성이 분위기를 갈랐다.

어느새 모두의 의식이 목소리가 난 쪽으로 집중됐다.

모두가 그럴 수밖에 없을 정도로 그 제삼자의 존재감은 절대적이었다.

강인한 전사 몇을 거느린 그 사람의 이름은.

"오랜만이네, 바르 공."

"크크. 오늘도 아름다우십니다, 주군."

이 시대에서의 나.

다시 말해…… 《마왕》 바르바토스다.

"저, 저 사람이……!"

"어버버버버버……!"

과거의 나를 본 순간 이리나는 눈을 동그래지고 얼굴이 사과처럼 붉어졌으며, 지니로 말할 것 같으면 거품을 물고 기절했다.

후세에서 《마왕》의 용모는 다음과 같이 기술하는 경우가 많다.

걸으면 땅에 대량이 꽃이 피어나고, 존재하는 것만으로도 부정한 기운도 정화되며, 비겁한 사람은 그 위광을 본 순간 마음을 고치기로 맹세한다.

남녀노소 불문하고 매료되는 역사상 유례없는 미인이라고.

또한 후세에 남은 전승에서는 《마왕》의 미모를 본 사람 대부분이, 너무나도 아름다운 나머지 기절했다고도 한다.

……고대 세계에 관련된 문헌은 잘못된 것도 상당히 많지만.

이 시대의 내 용모만큼은 사실 문헌 그대로였다.

왕을 나타내기 위해 장엄한 흑의를 두른 과거의 나. 그 찬란한 의상은 평범한 사람이라면 어울리지 않겠지만.

그러한 옷조차 평범하게 보일 정도로 《마왕》의 용모는 미려했다.

그 외모에 남자다움은 전혀 없었다. 지금의 나보다 머리 하나만큼 작은 남성치고는 작은 몸집. 아직 앳된 하얀 얼굴은 배경에 수많은 꽃이 핀 것처럼 보일 정도로 가련한 것이 아름답기 그지없었다. 허리까지 오는 매끄러운 흰머리는 찰랑찰랑해 흡사 아름다운 강이 흐른 것 같았다.

어딜 어떻게 봐도 아름답다는 말밖에 나오지 않았다.

그런 《마왕》 바르바토스는 알버트를 노려보며 분홍빛 입술을 열었다.

"네놈을 부른 기억은 없다만."

"그렇습니다. 불러주시지 않았습니다. 그러나 저는 폐하께 유감입니다. 귀공께선 최근 제게 차가운 것은 물론 우수한 인재를 살펴보는 역할조차 맡겨주시지 않고 계십니다. 정말이지 무척이나 안타깝습니다."

"……네놈에게 보여주어 얼마나 많은 인재가 사라졌는지. 따라서 일부러 비밀리에 알현하려 했지. 여전히 이런 일에는 감이 좋군."

"칭찬해주셔서 감사합니다."

"칭찬한 것 아니다, 어리석은 녀석."

진심으로 질린 모습으로 큰 한숨을 내쉰다. 동일 인물이다 보니 그 감정이 뼈저리게 이해된다. 정말로 성가시지, 저 전투광은.

"……어쨌든 네놈은 이만 돌아가라. 그렇지 않으면."

"그렇지 않으면?"

"앞으로 네놈은 완벽히 무시하겠다. 무슨 짓을 해도 신경 쓰지 않겠다. 그래도 상관없다면 마음대로 해라."

그 말을 들은 알버트는 무척이나 곤란한 듯한, 그러면서도 즐거워 보이는 미소를 떠올렸다.

"그것참. 제게 가장 효과적인 말이로군요. 지금도 그다지 신경 써주시지 않는데 이 이상이라면…… 저는 쓸쓸한 나머지 죽을지도 모르겠습니다."

"죽어도 나는 상관없어. ……그래서 대답은?"

눈을 가늘게 한 《마왕》에게 알버트는 항복하는 것처럼 두 손을 들었다.

"알겠습니다. 이 자리는 물러나겠습니다. 안녕히 계십시오, 사랑하는 주군이시여."

기분 나쁜 말을 한 뒤, 알버트의 모습이 홀연히 사라졌다.

전이 마법을 썼을 것이다. 이 시대라면 그리 이상한 일도 아니다.

"……그럼."

폭풍 같은 변태, 알버트가 사라진 뒤, 과거의 내가 이쪽으로 눈을 돌렸다.

"하읏!"

시선을 받은 순간 이리나는 이상한 소리를 내며 그 사랑스러운 얼굴이 더욱 붉어졌다.

……오래 살았지만 나에게 질투하는 것은 처음이다.

정말이지 기묘한 느낌을 곱씹으며 과거의 자신과 눈을 마주쳤다.

"……네놈이 아드 메테오르인가."

"……그렇습니다, 폐하."

정말이지 복잡한 마음이 가슴속으로 날아들었다.

어쨌든…….

이것으로 이 시간 여행도 막바지에 접어든 게 아닐까.

그 후, 서서 모든 이야기를 할 수도 없으니 우리는 《마왕》의 뒤를 따라 통로를 걸었다.

"그나저나 진짜 오랜만이네."

"……여전히 친한 척하는군, 네놈은."

어깨동무한 리디아에게 성가시다는 표정을 하는 과거의 나.

그러나 리디아는 전혀 신경 쓰지 않고서 얼굴 가득 기쁜 미소를 떠올렸다.

"이제 슬슬 나하고 만나고 싶었던 거 아니야? 너는 나 말고는 친구가 없으니까~."

"……누가 친구라는 거냐, 누가. 네놈 따윈 내겐 그저 무소속 장군에 불과하다."

"또 그런다~ 너도 참 솔직하지 않다니까."

주먹을 뺨에 대고 빙글빙글 돌리는 리디아를 과거의 나는 성가신 듯이 노려보았다.

그런 광경에 실피는 질투하며 '퉤.' 하고 침을 뱉었고, 이리나와 지니는 말없이 도취된 것만 같았다.

반면 나로 말할 것 같으면…….

마지막 행복이라고도 할 수 있는 과거의 상황을 눈앞에 두고서 슬픈 감정을 품음과 동시에——.

그것보다도 강한 공포라는 감정이 떠올랐다.

그 원인은…… 내 측근인 강인한 기사들이다.

장미의 기사 리베르그를 시작으로 근골이 장대한 미장부들. 그들의 눈은 다들 리디아를 노려보고 있었고, 시선에 더할 나위 없는 살의가 담겨 있었다.

그 이유는…… 이 녀석들 전부 내 엉덩이를 노리고 있었기 때문이다.

당시의 나는 지나치게 아름다웠기에 여자가 다가오지 않았다.

들자니 이성으로 보이지 않는달까, 같은 인간으로도 보이지 않는 모양이다.

또한 정략결혼을 꾸미는 녀석들도 내 모습을 본 순간 우리 딸로는 도저히 상대가 안 된다며 포기하는지 그런 이야기를 가져온 사람은 한 명도 없었다.

그런 이유로 전생에서 이성과 접촉한 적은 전혀 없었는데…….

반면 남정네들은 내 주위를 굳건히 채웠다.

당시에는 그들에게 딱히 아무런 생각이 없었지만, 그 녀석들의 본성을 알게 된 지금은 그 일거수일투족이 신경 쓰여 어쩔 수 없다.

그 탓에 훈장 수여의 간이 식전도 집중할 수 없었다.

그 뒤로 우리는 《마왕》을 따라 응접실로 갔다.

이 시대 특유의 방식을 따라 대접을 받으며 환담을 하게 됐다.

각자 원하는 침대에 누웠다. 과거의 나도 엎드려 진정된 듯이 숨을 골랐다. ……그런 과거의 나에게 부하 한 명(근육 비만)이 말을 걸었다.

"폐하, 마실 것은 어떻게 하시겠습니까?"

"과즙이 든 물을 부탁하지."

"알겠습니다."

주고받은 이야기를 보면 딱히 이상한 점은 없다. 하지만…….

저 근육 비만은 항상 내 엉덩이만 봤다.

그래서 항상 등줄기가 오싹했다.

"폐하, 간식을 가져왔습니다."

"음, 수고했다."

가깝다. 얼굴이 가깝다고. 그렇게 접근할 필요는 없잖아.

그보다 다른 부하들도 기분 나쁘다고. 부러운 표정 하지 마. 그리고 오른쪽에 선 너, 아까부터 은근히 과거의 내 엉덩이를 만지려 하고 있지?

애초에 가장 나쁜 것은 과거의 나다.

뭐냐, 너는. 더 엄격하게 행동하라고.

엎드려서 행복하게 음료수나 마시지 마.

다리를 파닥파닥 움직이지 말라고. 네가 무슨 귀여운 여자냐?

그런 태도가 말이야, 부하의 정욕을 부추기는 거라고.

"폐, 폐하……! 마, 마사지는 어떠십니까?!"

"뭐?! 마사지라고?!"

"삼가라, 이 자식! 폐하의 엉……이 아니라 옥체를 건드려선 안 된다!"

그러한 녀석들이 그러한 이유로 싸우기 시작했다. 지금의 내가 볼 때는 정말이지 기분 나쁜 광경이지만…….

"왜 그리 화가 났는가?"

과거의 나는 아직 아무것도 모르기에 황당해할 뿐이었다.

보기 괴롭다는 말이 이런 뜻인가. 나중에 살짝 진실을 알려…… 아니, 이 녀석만 나중에 고생하지 않는 것도 거슬린다.

일부러 말하지 말자.

네놈도 나와 같은 고통을 맛봐라.

내심 어두운 생각이 끓어올랐다. 그 옆에서 이리나와 지니가 속닥속닥 이야기했다.

"사, 상상했던 것하고 전혀 다르네, 《마왕》님. 상상보다 훨씬…… 예뻐."

"무슨 말인가요, 미스 이리나. 아름답다고요? 그런 진부한 말로 《마왕》님을 표현하다니 죽어 마땅해요."

"그럼 어떻게 표현해야 괜찮은 거야?"

"글쎄요…… 더할 나위 없는 아름다움을 표현하는 말로 《마왕》을 활용하는 것은 어떨까요? 예를 들어 '《마왕》님, 정말이지 《마왕》님' 이라든가."

"그게 뭔 말이야……."

그녀들이 말하는 이야기의 중심은 여전히 《마왕》이었다. 다른 남자가 그녀들의, 특히 이리나의 마음을 빼앗은 상황은 무척이나 불쾌하다.

……뭐, 정확하게는 다른 남자가 아니라 나지만. 동일 인물이긴 하지만.

그런 생각을 하고 있을 때.

"……《마왕》?"

이리나와 지니의 잡담을 과거의 내가 들은 모양이다.

녀석은 미모에 의아함을 떠올린 채 입을 열었다.

"그대들이여, 《마왕》이라는 말이 무슨 뜻이지?"

""네?""

설마 자신들의 목소리가 들릴 줄은 몰랐던 모양이다.

두 사람은 굳어버린 채 한마디도 할 수 없게 됐다.

그런 그녀들을 대신해서 내가 대답했다.

"폐하의 이명을 입에 담았을 뿐입니다. 항간에서 폐하를 그렇게 부르고 있습니다만, 모르십니까?"

"……내가 《마왕》이라고?"

의아한 기색이 더욱 짙어졌다. 이상하다. 어째서 이런 태도를 보이지?

시대 배경으로 볼 때 이미 《마왕》이라는 이명이 정착되었을 때라고 생각했는데.

그런데도 과거의 나는 마치 처음 듣는 것처럼 행동했다.

이건 대체…….

"세속에선 나를 그렇게 부르는가? ……그것이 사실이라면 이상하군."

다음에 녀석이 한 말은 적잖이 충격적인 내용이었다.

"《마왕》이라고 불리는 자는 따로 있다만. 어째서 그 녀석과 같은 이명으로 나를 부르는가?"

제46화 전직 《마왕》님, 진상에 다가가다

자칭 신은 우리에게 두 가지 목적을 제시했다.

특이점을 찾아내 역사를 수정하라.

《마왕》과 만나라.

아마 이 두 가지를 달성하면 원래 세계로 돌아갈 수 있으리라 생각한 우리는 일단 《마왕》을 만나는 것을 주요 목적으로 삼고서 특이점의 정보를 수집하기 위해 베다의 부하로 들어갔다.

결과적으로 생각지도 못한 형태로 리디아와 재회하고, 마찬가지로 생각지도 못한 형태로 공적을 쌓아…… 우리는 《마왕》과 만난다는 목적을 이루었다.

그렇게 생각했다.

"《마왕》이 따로 있다?"

지금 막 눈앞에서 과거의 내가 한 말을 반복했다.

……내게 《마왕》이란 과거의 자신, 다시 말해 바르바토스를 가리키는 말이다.

그 이외에 《마왕》의 칭호로 불린 사람은 기억에 없다.

"……왜 그러지?"

짧은 한마디, 과거의 내가 질문을 던졌다. 이에 나는.

"아니요, 아무것도 아닙니다. 이상한 말을 한 점, 진심으로 사과드립니다."

이 이야기는 여기서 끝이라는 것처럼 빠르게 말했다. 과거의 나는 무언가를 눈치챈 듯하지만, 그렇기 때문인지 딱히 아무런 추궁도 하지 않고 입을 다물었다.

……이 녀석이 내 기억에 없는 《마왕》이라는 녀석을 설명하는 것은 되도록 피해야 한다고 생각했다.

바르바토스의 반응으로 볼 때 《마왕》은 누구나 알 법한 존재일 것이다. 그것을 모른다고 하면 신원을 수상히 여겨 필연적으로 정체를 이야기하게 된다.

만약 과거의 내가 그것을 믿는다 해도…… 어떻게 움직일지는 예측하기 어렵다.

이 당시의 나는 철두철미하게 왕으로서 살았다.

따라서 나라를 지키기 위해, 백성을 지키기 위해서라면 무슨 짓이든 했다.

그야말로…… 한없이 냉혹하게.

그런 과거의 내게 미래에서 역사를 수정하러 온 존재가 어떻게 보일지…… 그것은 당사자인 나도 알 수 없었다. 자칫 위험인물로 판단해 운 좋으면 감시, 운 나쁘면 암살 대상이 될지도 모른다.

그러니 자세한 내용은 그녀에게 물을 수밖에 없을 것이다.

그 천재이자 재앙인 그녀에게.

그 후 우리는 담소를 마치고 전선 도시 에텔로 귀환했다.

도중에 이리나, 지니는 시종일관 말이 없었다.

그녀들도 나와 마찬가지로 《마왕》 문제로 당황했다.

그리고 우리는 의문을 풀기 위해 베다를 찾아갔다.

리디아와 실피에게는 '일단은 베다 님을 모시고 있으니 왕궁에서 있었던 일을 보고할 의무가 있습니다.' 하고 지당한 말을 둘러댄 뒤 일시적으로 헤어졌다.

그리고 지금. 우리는 베다의 기묘한 저택 겸 연구실의 응접실 침대에 누운 베다에게 사정을 설명했다.

"아~ 역시."

베다는 태연하게 그렇게 말했다.

"역시라고 하면?"

"너희가 말하는 《마왕》과 내가 아는 《마왕》, 그 인식이 틀어져 있다는 거야. 너희가 《마왕》을 만나고 싶다고 말한 순간, 어라? 싶었는데 역시 그랬구나."

"⋯⋯알고 계셨다면 어째서 더 빨리 알려주시지 않았습니까?"

"알려주려 했어. 하지만~ 그 전에 실피가 오는 바람에 말할 타이밍이 없었지. 뭐, 그 후에 말할 타이밍 자체는 얼마든지 있었지만⋯⋯ 솔직히 나한테는 아무래도 상관없는 일이니까~."

침대 위에서 뒹굴거리는 베다.

그 모습에 화가 났지만⋯⋯ 이 녀석에게 일일이 스트레스를 풀어봤자 끝이 없다.

나는 헛기침 한 번 하고서 베다에게 《마왕》의 정보를 알려달라고 부탁했다.

　그 결과 얻은 정보라는 다음과 같다.

　하나, 《마왕》은 3년 전에 갑자기 나타나 《바깥 자들》의 지배 _{아우터 원} 영역과 이쪽의 지배 영역의 사이, 딱 국경 부근의 토지를 무단 지배했다.

　그 토지는 이 전선 도시 에텔과 무척 가까운 곳이다.

　둘, 《마왕》은 수많은 마물을 만드는 힘을 지녔다. 따라서 마왕의 군대는 전부 마물이며, 아무리 수를 줄여도 금세 보충된다.

　셋, 《마왕》의 목적은 확실하지 않다. 《바깥 자들》이나 《마족》 _{아우터 원} 만이 아니라, 이쪽도 적으로 삼는 움직임을 보이며 교섭하려 해도 무시한다.

　또한 그러한 행동으로 내가 아는 역사와는 다소 다른 상황이 생겨났고, 그런 사정으로 볼 때 자칭 신이 말한 특이점이란 《마왕》을 가리키는 말이었을 것이다.

　넷, 지금 이쪽은 《마왕》을 조용히 지켜보기로 했다.

　바르바토스가 한 번 교전했지만 쓰러뜨릴 수 없었기에 그 후로는 억지로 공격하지 않고 조용히 지켜보기로 했다고.

　《마왕》은 강력한 불사의 능력을 지녔고, 그 비밀을 풀기 위해 연구가 진행되고 있다. 그것이 완료하거나 어지간한 문제 행동을 일으키지 않는 한 《마왕》 토벌에 나서지 않을 것이다.

이 네 가지 중에 우리에게 가장 큰 요소는 네 번째 정보일 것이다.

"우리는 자칭 신의 말을 오해했습니다. 특이점을 찾아 역사를 수정하라. 《마왕》을 만나라. 이것을 각각의 목적이라고 인식했습니다만, 아무래도 같은 것이었던 모양이군요."

따라서 자칭 신이 제시한 말, 우리가 예전 시대로 돌아가기 위한 조건은.

"역사를 어긋나게 한 《마왕》을 토벌해 이 세계를 본래 형태로 수정하라. 그것이 우리의 귀환 조건이 될 테지만……."

"바르바토스 님조차 쓰러뜨리지 못한 녀석을 어떻게 해치우란 말이야……."

눈꼬리를 내리며 풀이 죽은 모습으로 중얼거린 이리나.

그녀의 말대로다.

이 시대의 나, 다시 말해 전성기의 바르바토스조차 죽일 수 없었던 상대라면 지금의 내가 홀로 공격해 쓰러뜨리는 것은 불가능할 것이다.

그러니 《마왕》 토벌은 우리끼리 해결할 수 있는 사항이 아니다.

"……바르디아 제국의 전군, 폐하와 사천왕 분들이 총력을 기울인다. 그런 상황이 아니라면 《마왕》 토벌은 불가능하겠군요."

베다가 말한 《마왕》의 불사 능력에는 짐작되는 것이 있다.

이 시대의 나도 이미 예측했을 것이다.

다시 말해…… 과거의 내게 《마왕》이라는 존재는 위험 부담을 각오하면 없앨 수 있는 존재라는 뜻이다.

그런데도 내버려 둔다는 것은.

과거의 나는 《마왕》에게 그다지 위기감을 느끼지 않았다는 것.

최우선 토벌 대상은 여전히 《바깥 자들》이라고 생각한 것이다.

……그 판단은 옳다.

완벽한 적으로 군림하는 《바깥 자들》과는 다르게 《마왕》은 위험 분자에 불과하다. 그렇다면 위험을 짊어지고서라도 없애야 할 대상은 아니다. 아니, 오히려 지금은 토벌하지 말아야 한다고 생각해도 이상하지 않을 것이다.

《마왕》이 무한한 군대를 만들어내는 힘을 지녔다면 필연적으로 소모전이 된다.

그 끝에 승리하더라도…… 피폐해진 우리 군은 《마족》 군대의 급습을 받을 것이다.

그런 상황이 벌어지면 적을 물리칠 정도의 힘이 남아 있을까.

그것은 아무도 모른다.

중요한 것은 조금이라도 위험이 존재한다는 것.

과거의 나는 분명 그 위험을 짊어질 생각이 없을 것이다.

당시도 지금도, 나는 누구보다 신중한 데다 새끼 사슴처럼 겁이 많다.

"……폐하는 어지간한 일로는 움직이지 않겠죠."

"그렇지~ 바르는 책임감이 말도 안 되게 강하니까. 병사 한 명의 목숨조차 소중히 여긴다니까~ 뭐, 그런 자상한 점은 싫지 않지만. ……너희가 바라는 대로 바르를 움직이는 건 상당히 어려울 거야."

베다의 말에 우리는 침묵할 수밖에 없었다.

잠시 침묵이 이어지고.

그것을 깨뜨린 것은 지니였다.

"《마왕》님……이 아니라 폐하께 우리의 정체를 밝혀볼까요? 그리고 《마왕》의 위험성을 설명하면……."

나는 턱에 손을 짚고 생각했다.

정체를 밝히는 것으로 따라오는 위험 부담은 아무리 애를 써도 떨칠 수 없을 것이다.

그러나…… 이제는 그럴 수밖에 없으려나.

지니의 말대로 우리에게 남겨진 선택지는 직접 행동에 나서는 것밖에 없다.

그러나.

"지니의 제안으로 가죠. 하지만…… 그것이 성공하기 위해서는 아직 우리의 신뢰가 부족합니다. 폐하는 무척이나 신중한 분. 신뢰할 수 없는 자의 말에 귀를 기울일 것 같지 않습니다."

"그렇다면…… 더 많이 활약해서 폐하의 마음에 들면 될까?"

"그렇군요. 공적을 쌓아 그를 설득할 필요가 있을 겁니다만…… 후자는 제게 맡겨주세요."

아무리 그래도 상대는 과거의 나이다. 어떻게 하면 설득할 수 있을지는 내가 제일 잘 안다.

막대한 공적을 선물하면 설득은 가능하다……고 생각하고 싶다.

"문제는 큰 공적을 어떻게 쌓을 것인지."

설마 운 좋게 적의 주요 전력이 공격해오는 전개는…….

없다고 생각하기 직전에.

"아드는 있냐!"

난폭한 말투가 귀에 들어옴과 동시에 문이 부서졌다.

그리고 실내로 들어온 것은…… 어딘가 초조한 모습의 리디아였다.

리디아는 내 얼굴을 보자마자 날카롭게 입을 열고서.

"전쟁이다! 내일 나간다! 너는 우리하고 같이 전선에서 싸워!"

반론은 듣지 않을 것이라는 말투였다.

그 말을 듣고서 나는 미소를 떠올렸다.

"알겠습니다. 미력하나마 물러서지 않을 각오로 임하겠습니다."

망설이지 않고 승낙의 뜻을 입에 담았다.

설마 이렇게 빨리 공적을 쌓을 기회가 찾아올 줄이야.

리디아의 상태로 보아 적은 유명한 강자일 것이다. 그 녀석을 잡으면 과거의 나를 설득할 선물 하나는 될 것이다.

"그래서…… 상대는 누구입니까?"

어떤 상대이든 타도할 뿐이다.

그러나 일단은 적의 이름 정도는 파악해 두자.

그런 가벼운 마음으로 물었는데.

"메비라스. 《주박왕》 메비라스다."

그 이름을 듣고서 나도 모르게 목소리가 나오고 말았다.

"메비라스라고……?!"

《주박왕》 메비라스. 그것은…….

내가 리디아를 죽인 원인 중 하나였다.

제47화 전직《마왕》님, 전선에서

크게 동요한 내게 리디아가 의아한 얼굴로 물었다.

"왜 그래?"

······그런 의문은 이곳에 있는 모두가 느낀 것 같다. 그녀만이 아니라 이리나와 지니, 이 시대의 실피조차 신기한 것을 봤다는 시선을 보냈다.

동요한 것을 들켰나.

확실히 항상 태연한 사람이 그런 태도를 보이면 수상하게 여기는 것이 당연하다.

나는 살짝 심호흡해서 평상심을 되찾고서 평소대로 미소를 떠올렸다.

"······거물의 이름을 들으니 긴장하고 말았습니다. 하지만 이제 괜찮아요. 지금은 내심 흥분과 기대가 멈추지 않는걸요."

"흥! 이번 공적은 내가 받을 거야!"

팔짱을 끼고서 거칠게 콧바람을 내는 실피.

의욕 충만한 그녀의 머리를 쓰다듬은 리디아도 호전적인 미소를 지었다.

"이제 슬슬 위험한 녀석이 나올 것 같았는데······ 설마 갑자기

《주박왕》이 나올 줄이야. 내 상대로 부족하지 않아.”

투지 넘치는 리디아를 곁눈으로 확인하며 이리나가 슬며시 내게 다가왔다.

“저, 저기, 아드…… 그 《주박왕》이라는 건 어떤 녀석이야?”

“……마도사에게 1부터 7까지 격이 붙는 것처럼 《마족》에도 계급이 있다는 것은 이리나도 알고 있죠? 이번에 싸울 상대는 그들 계급의 최상급…… 《대마경》에 위치하는 존재입니다.”

“《대마경》……?!”

현대에서도 그 계급에 속한 자는 절대적인 힘을 지녔으며, 그 시대의 대영웅인 우리의 부모, 《대마도사》와 《영웅남작》 둘을 몰아넣었던 적이 있다고도 알려져 있다.

그 전력은 일대 지방 섬멸 급으로 알려졌지만…… 그것은 현대의 이야기.

고대에서 《대마경》의 전투 능력은 필설로는 표현할 수 없다.

그중에서도 《주박왕》 메비라스는 강력한 존재인데…….

내 기억이 확실하다면 그 녀석이 리디아&베다 합동군을 상대한 것은 한참 뒤의 일이었을 것이다. 아마 이것은 《마왕》이라는 변칙적인 존재의 영향일 것이다.

그 존재는 분명하게 역사를 일그러뜨리고 있다.

하지만.

지금부터 내가 할 일을 생각하면 나도 《마왕》과 마찬가지가 아닐까.

나는 리디아의 얼굴을 가만히 바라보며 마음속에서 결의했다.

그 자칭 신이 불만을 토로할지도 모르지만 알 바 아니다.

이번만큼은 역사대로 진행되게 두지 않겠다……!

그 후.

적은 이미 진군을 시작했다고 해서 우리는 곧바로 움직이게 됐다.

이번 작전 활동에 이리나와 지니는 참가를 사양하게 했다.

만에 하나, 아니 반드시 그렇게 되지 않게 할 생각이지만…… 내가 아는 역사대로 진행된다면 이리나와 지니는 확실히 죽는다.

물론 역사대로 진행되게 할 생각은 없다. 그러나 위험 부담은 제로가 아니다.

따라서 그 두 사람은 전선 도시 에텔에 남겨두었다.

"알았어. 나는 아드의 걸림돌이 되기 싫으니까."

"저도 마찬가지예요. 힘내세요, 아드 군."

두 사람 모두 이해해준 것처럼 보였지만 내심 다른 감정이 솟았을 것이다.

이리나는 나를 따라잡기 위해 필사적이었고 지니도 열등감을 해소하기 위해 나날이 노력을 거듭하고 있다.

나는 그런 두 사람에게 에둘러 도움이 안 되니 오지 말라고 말한 셈이다.

겉으로는 웃는 얼굴이지만 속으로는 울분을 터뜨리고 있는 것은 아닐까.

……하지만 지금의 나는 그녀들을 배려할 여유가 없었다.

이 일은 내가 품은 최대의 트라우마와 관련이 있는 일이니까.

그리하여 지금.

나는 리디아, 실피 두 사람과 함께 산속을 조용히 나아가고 있었다.

시간은 낮과 저녁 사이 정도일까. 아직 해가 떠 있지만 산림의 한복판은 어두워서 실제 시간을 알기 어려웠다.

울창하게 자란 수풀 안을 헤치고 나가는 도중, 실피가 지루한 듯이 말했다.

"지금쯤 다른 사람들은 전장에서 날뛰고 있을 텐데. 그런데 우리는 누구 덕분에 지루한 등산이나……."

"지금은 재미없겠지만 부디 참으세요. 곧 싫더라도 자극적인 한때를 보내게 될 겁니다."

이 행동은 내가 제안한 것이다.

원래 역사대로라면 리디아와 실피는 지금쯤 함께 전장을 달리고 있을 것이다. 아군의 중책을 맡은 사람들과 마찬가지로.

이번 전쟁은 제아무리 리디아라 해도 낙관할 수 없을 것이다. 그 증거로 각지에 흩어져 있던 아군의 주요 멤버를 전부 불러 만전의 상태로 임했다.

그것이 자신들의 괴멸을 결정지을 최대의 요인이 될 것도 모른 채.

"……그나저나 리디아 님. 이번에 저 같은 신출내기의 의견을 들어주셔서 진심으로 감사합니다."

"뭐, 그래. 솔직히 치사한 기습 작전은 좋아하지 않지만……어쩐지 네 말을 듣는 편이 좋을 것 같았거든."

머리를 긁적이며 잡초를 밟는 리디아.

이 녀석은 바보지만 감은 누구보다도 날카롭다. 내 제안을 솔직히 들은 것은 그것이 작용했기 때문일 것이다.

어쨌든 요행이었다.

이것으로 최악의 상황이 벌어질 확률은 크게 줄었을 것이다.

……사실 리디아&베다 연합군이 《주박왕》 메비라스의 군세와 맞붙을 때 양쪽 모두 기습 종류는 전혀 사용하지 않았다고 한다.

그뿐만 아니라 제대로 된 전술도 거의 없었던 싸움이라고 들었다.

아군은 그렇다 치고…… 상대인 메비라스도 그렇게 행동한 것은 오로지 그 녀석이 선민사상에 빠져 있었기 때문이다.

메비라스는 전형적인 《마족》 지상주의자로 인간을 버러지처럼 여긴다.

그런 버러지에게 전략은 필요 없다. 전력을 다하는 것은 어불성설이다.

그런 교만함 때문에 메비라스는 리디아와 실피에게 내몰렸고…….

자존심보다 목숨을 우선시한 결과 메비라스는 비장의 수단을 꺼냈다.

그렇다…… 《고유 마법(오리지널)》이다.

《주박왕》의 이름은 녀석이 저주 마법을 잘 쓰기 때문이다.

그런 메비라스가 지닌 《고유 마법(오리지널)》도 무척이나 강력한 저주의 힘이다.

그 엄청난 힘은 초광범위에 영향을 주어 효력에 말려든 사람은 순식간에 발광하여 아군끼리 싸우게 되었다.

결과적으로 합동군은 괴멸했다.

리디아는 아군의 대부분을 잃은 데다 군이 창설될 때부터 한 솥밥을 먹던 동료들도 잃었다.

메비라스와의 전쟁으로 리디아 군은 그 중책을 맡은 일곱 용사 중에 다섯이 사망.

그 결과 리디아 군은 소멸의 위기에 처하게 된다.

게다가…… 리디아 자신도 실피를 감싸고 저주를 받게 된다.

강철 같은 정신력과 육체에 흐르는 《사신》의 피가 영향을 주었는지 간신히 발광은 면해 그 손으로 메비라스를 없앴지만…….

그 후 리디아는 저주의 후유증에 고생하게 된다.

이따금 찾아오는 격렬한 두통과 정신 착란 증상.

이것은 나조차 치유할 수 없었다.

그런 증상을 안고서 계속 싸운 리디아는……!

……만약 이 전쟁에서 그녀가 저주를 받지 않는다면.

……만약 이 전쟁에서 그녀가 소중한 동료들을 잃지 않는다면.

그런 결과가 벌어지지 않았을지도 모른다.

리디아를 죽여야 하는 상황에 빠지지 않았을지도 모른다.

……이것은 분명한 역사 개변이지만 주저할 생각은 없다.

애초에 이 시대에 왔을 때부터 생각했던 일이다.

리디아가 생존하는 미래를.

그러기 위해서라면 무엇이든 할 것이다.

누구의 방해도 용납하지 않는다.

그렇다…….

"우리가 기습을 예상하지 않았을 것 같으냐?! 이 얼간이들."

눈앞에 나타난 잔챙이들조차 봐줄 생각은 없었다.

"《스톰 블레이드》."

말과 동시에 마법이 발동했다.

내 눈앞에 나타난 열 개의 마법진.

순간 거기서 막대한 소용돌이가 불어 일직선으로 적에게 돌진했다.

"큭?!"

각자 회피하지만 소용없다. 엄청나게 광범위하고 빠르게 퍼지는 바람 칼날에서 도망칠 수는 없다. 또한 상대의 실력으로는 방어 마법을 사용해 막는 것도 불가능하다.

따라서 적들은 저항도 허무하게 풀과 나무와 마찬가지로 엉망으로 베여 지옥으로 떨어졌다.

이러한 잔챙이를 없애는 것은 내 미학에 어긋나지만.

지금은 미학 따위는 아무래도 좋다.

내 앞을 가로막는다면 모조리 없애줄 것이다.

리디아가 죽지 않게 움직일 것. 이것 이상의 우선 사항은 없다.

"……자, 서두릅시다."

숙연하게 말했다.

아무래도 무의식중에 진짜 살기와 투기를 낸 모양이다.

그 영향인지 실피가 조금 겁에 질린 모습으로 움찔 떨었지만.

"조, 조금 활약했다고 뻐기지 마! 조무래기를 아무리 쓰러뜨려도 공적도 뭐도 아니니까!"

이내 질 수 없다는 마음을 드러냈다.

반면 리디아는.

"제법 하잖아."

말만 보면 감탄한 모습을 떠올리겠지.

그러나 실제로 리디아의 얼굴에는 아무런 변화가 없었다.

무표정하게 맑은 눈동자로 똑바로 바라볼 뿐이다.

……예전에는 이 녀석의 이 눈이 싫었다.

내 모든 것을 꿰뚫어 보는 것만 같아 불쾌했다.

지금도 아마…… 리디아는 무언가를 깨달았을 것이다.

그리고 리디아는 짧게 한마디 했다.

"시시한 짓은 하지 말고."

그렇게 말한 뒤 곧바로 우리를 이끌 듯 앞으로 나아갔다.

그녀의 등을 바라보며 나는 주먹을 쥐었다.

……시시한 짓을 할 생각은 없다.

기습 전술을 선택한 것은 처음부터 끝까지 메비라스를 방심하게 한 채로 상황을 끝내기 위해서였다.

어째서 방심한 메비라스가 전력을 다하게 되었는가.

역사상 리디아 일행은 평소대로 정공법인 정면 돌파를 실행해 멋지게 성공했기에…… 메비라스는 《고유 마법》을 사용했다.

그것을 막기 위해 적의 머리를 치는 방법으로 기습 작전을 제안했다. 나와 리디아 그리고 실피 셋이서 적진을 직접 습격해 단번에 정리한다는 방침이었다.

물론 적은 우리의 접근을 알고 있을 것이다.

게다가 메비라스는 우리를 자신의 진지로 끌어들였을 것이 분명하다.

지금 시점에서 메비라스는 잔뜩 방심하고 있으니까.

아마 조금만 도발하면 일대일 승부도 받아들일 것이다.

지금 메비라스의 머리에는 천박한 원숭이들, 다시 말해 우리를 농락한다는 여흥으로 머리가 가득할 것이다.

그 자만심과 방심을 노려 단번에 목을 벤다.

그렇게 하면 나와 리디아가 일으킨 최대의 비극도 피할 가능성이 클 것이다.

"……적의 본진이 보이기 시작했군요."

산 너머로 약간 고저 차가 눈에 띄는 구릉 지대.

적은 그곳에 거점을 세웠다.

"간이 요새치고는 거창하네. 메비라스 녀석의 사치스러운 취향이 잘 보여."

"뭐랄까, 점점 더 마음에 들지 않아……!"

두 사람 모두 빈민 출신이라 쓸데없이 사치스러운 것을 싫어하는 경향이 있다.

나도 원래 빈민이었기에 두 사람의 심정은 잘 이해할 수 있다.

……뭐, 그건 그렇다 치고.

"그럼 공격하죠. 적의 역량으로 볼 때 은닉 마법은 의미가 없을 겁니다. 정면으로 침입해 계속해서 적을 없애다…… 대장을 잡는다. 그것뿐입니다."

"하. 좋네, 알기 쉬워서."

"기대돼!"

두 사람 모두 전혀 두려워하지 않았다. 눈앞의 상황을 즐기는 여유조차 보였다.

사기는 충분. 역량도 충분.

우리의 승리를 가로막는 요소는 전혀 없음.

"첫 공격의 영광은 제가 가져가겠습니다."

"아니, 내가 하지!"

"설령 언니라 해도 그건 양보할 수 없어!"

그렇게 이야기하며 적 본진으로 돌격을 감행했다.

간이 요새의 문은 활짝 열려 있어 마치 우리를 환영하는 듯한 상황이었다.

문을 지나 적 본진 한복판으로 침입했다.

그때.

"……이상하군요."

"……그래. 들어온 동시에 거창한 공격 마법이라도 쏴줄까 했는데."

"……인기척이 너무 없어."

의기양양했던 정신이 침입한 순간 수상함에 지배됐다.

나로서는 들어온 것과 동시에 마법이 비처럼 쏟아질 것을 예상했는데, 실제로는 아무것도 일어나지 않았다.

오히려 요격하러 나오는 기척도 전혀 없었다.

"한곳에서 우리를 매복하는 걸까?"

"그럴지도 모르지만…… 뭐랄까, 이상하게 불길한 예감이 드는군."

너무나도 조용한 적 본진에 나와 리디아는 식은땀을 흘렸다.

이건 뭐지?

뭔가 예상 밖의 일이 일어났나?

……어쨌든 여기까지 왔으면 나아갈 수밖에 없다.

"일단 중앙으로 이동하죠."

리디아와 실피가 끄덕이는 것을 확인한 뒤 이동했다.

……역시 뭔가 이상하다.

적의 기척이 너무나도 없다. 이것은 마치 빈집이 아닌가.

혹시 아무도 없나?

설마 적이 이쪽 대책을?

다양한 가능성이 뇌리에 떠올랐지만, 전부 지금 상황을 이해할 수 있는 것이 아닌 것 같았다.

그리고.

적 본진 중앙에 다가가면서 의아함이 더욱 커졌다.

"이 냄새……."

"그래, 너무 익숙해서 일상이 된 냄새다."

"철이 녹슨 것 같은 기분 나쁜 냄새…… 이건……."

그렇다, 피 냄새다.

……아무도 없는 적 본진. 그 중앙에 다가가면서 강해지는 선혈의 기척.

나도 리디아와 마찬가지로 불길한 감정으로 다리를 움직였다.

그 끝에.

적진 중앙, 아마도 집회장으로 쓰였을 광장에서.

그 광경을 본 순간, 나와 리디아와 실피는 눈이 휘둥그레질 수밖에 없었다.

눈에 들어온 것은 시커먼 빨강.

대지의 빛을 하나로 물들인 그것은…….

지면에 굴러다니는 빼곡한 《마족》들의 시체였다.

전부 원형을 알아볼 수 없을 정도였다. 무참한 결말을 드러낸 채 그 선혈과 내장, 살점이 주위로 산더미처럼 쌓여 있었다.

그런 참혹한 현장의 중심에서.

지금 막 한 남자의 머리가 공중으로 떠올랐다.

카이저수염이 특징인, 한눈에도 귀족 같은 남자.

이 남자가 바로 우리의 최대 목표.

《주박왕》 메비라스였다.

그리고 그 목을 자른 검의 주인은 우리 중 누구도 아니다.

그것만이 아니라…….

아마도 아군도 아닐 것이다.

"조금 늦었네."

배 속에 울리는 듯한 중저음이 흘러나왔다.

그 발생원인 남자에게 우리는 일제히 날카로운 시선을 보냈다.

연령, 인종, 얼굴, 모든 것이 불명. 상대는 온몸을 칠흑 갑옷으로 감싸고 있었다.

그 불길한 실루엣은 마치 상대의 정체를 나타내는 것만 같았다.

"당신은 누구입니까?"

굳이 물어본 내용에 검은 갑옷 전사는 콧방귀를 뀌며 웃었다.

"짐작하고 있잖아? 네놈들이 상상한 존재가 맞을 거다. 다시 말해……."

뾰족한 투구 너머로 결정적인 대답이 나왔다.

"나는 《마왕》. 잔악무도한 괴물이자 세계의 적이다."

위풍당당한 태도에 나는 긴장감이 더해졌다.

이 남자, 분명 강하다.

그것도 내 기억에 새겨진 수많은 호적수조차 비교할 수 없을 정도로.

……오랜만에 피가 끓는다. 그러나 함부로 돌진하는 것은 금물이다.

방심하지 않고 상대방을 노려보며 상황을 살폈다.

그러자.

"흐음, 네가 《마왕》이냐? 예상대로 상당히 강한 모양이군."

"그렇다. 네놈들이 떼로 덤벼도 이길 수 없지."

"호오. 말은 잘하네. 나는 《용사》고 너는 《마왕》인데?"

"현실은 가공의 이야기대로 흘러가지 않는다. 네놈의 역량이 이 《마왕》에게 통할 거라고는 할 수 없지."

"그건…… 시도해보지 않으면 모르잖아?"

순간.

리디아의 온몸에서 엄청난 투기가 뿜어졌다.

대부분의 전사라면 그 기백만으로 기절할 것이다.

아군인 실피조차 미동도 할 수 없을 정도의 엄청난 패기.

그러나 마주한 《마왕》은 그것을 받고도 조금도 동요하지 않았다.

"하하! 좋네, 오랜만에 전력을 다할 수 있겠어!"

이를 드러내듯 웃은 리디아는 애검인 발트 가리규라스를 손에 소환했다.

그 자루를 오른손으로 강하게 쥐고는.

"《아르스텔라》《포토브리스》……《테네브릭》!"

<small>빛나라 영혼　　나, 성스러운 빛이 되어　　어둠을 없애리</small>

초고대 언어의 영창이 대기를 뒤흔들었다.

직후 리디아의 온몸이 눈부신 에너지 덩어리가 되어…….

이윽고 그것이 은백색 빛을 뿜는 갑옷이 되었다.

완벽한 진심 상태.

리디아는 지금 최선을 다해 임하려 한다.

그리고 그녀가 돌진하려 다리에 힘을 준 순간.

"네놈은 정말로 무모하군. 개인적으로는 좋아하지만…… 지금 네놈을 상대할 생각은 없다."

"……앙?"

이쪽의 의욕을 훌쩍 틀어놓는 말을 한 《마왕》은 우리에게 등을 돌렸다.

"네놈들의 두령에게 전해라. 노리던 토지는 우리가 받는다. 되찾고 싶다면 힘으로 빼앗으라고."

"……그건 우리에게 선전포고하는 건가?"

리디아의 질문에 《마왕》은 코웃음을 쳤다.

"선전포고는 이미 예전에 했지. 나는 《마왕》. 즉, 그 존재 자체가 살아있는 모든 것에 대한 선전포고이노라."

어째서일까. 상대의 말은 어딘가 자조적인 느낌을 담고 있는 것 같았다.

"잘 있어라, 《용사》들아. 그리고…… 어리석은 소년이여."

순간 나에게 노기를 내뿜는 것처럼 느껴졌지만.

결국 마왕은 우리에게 전혀 손을 대지 않고 전이 마법을 발동.

그 모습이 순식간에 사라졌다.

세 사람은 참혹한 현장에 남겨져 말없이 시간을 보냈다.

리디아는 무슨 생각을 하고 있을까.

실피는 무슨 생각을 하고 있을까.

아마 나와 같을 것이다.

다들 머릿속이 한 가지 단어로 가득 찼을 것이 분명하다.

다시 말해…….

"《마왕》……!"

제48화 전직《마왕》님과 또 한 명의《마왕》

긴박하게 돌아간 전개에 사태는 다급히 진행됐다.

《마왕》이 떠난 뒤 우리는 바로 아군 진지로 귀환했다. 아군은 여전히《마족》과 교전 중이었지만, 리디아는 더는 속행할 의미가 없다고 판단해 전군에 퇴각 명령을 내렸다.

남겨진《마족》들은 갑작스러운 퇴각에 당황했을 것이다. ……그 이후로 한층 더 크게 당황할 줄도 모른 채.

퇴각 후의 행동도 신속했다.

리디아는 퇴각 중에 주요 멤버에게 상황 설명을 마치고 편지를 마련해 수도에 전령을 보냈다.

바르바토스는 편지를 보고서 상황을 파악했다.

그 결과 긴급 대회의가 열리게 됐다.

그리고 현재.

우리는 수도 킹스 그레이브 중앙에 있는 성《캐슬 밀레니온》의 회의실에서 원탁을 둘러싼 일원이 되었다.

가벼운 의논이었다면 침대에 누워 음식 등을 먹으며 진행했겠지만.

이번 논제는 너무나도 중대하기에 엄숙한 몸가짐으로 임해야 했다.

따라서 대회의에서는 대형 원탁을 다 함께 둘러싸는 형태로 의논했다.

그곳에는 이미 이 나라의 중추를 맡은 주요 인물이 앉아 있었다.

일단 무관의 최고봉인 사천왕.

나의 누님이라 할 올리비아는 평소처럼 무뚝뚝한 얼굴이었다.

노장 라이자는 사천왕의 두목으로 오랜 세월을 버틴 거목처럼 뚝심 있게 앉아 있었다.

재앙이자 천재, 마법 학자 베다는 지루한 듯이 가지고 온 과자 등을 아작아작 먹고 있었다.

그리고 전투광이자 변태인 우리 군 비장의 수단, 알버트로 말할 것 같으면.

"후후…… 설마 이렇게 빨리 재회할 줄이야. 로맨틱한 운명이 느껴져. 귀군도 그렇겠지? 아드 메테오르."

일부러 내 옆에 앉아 아까부터 계속 귓가에 속삭였다.

이 녀석이 그런 짓을 하는 바람에 먼저 내 옆에 앉으려던 이리나가 선수를 빼앗겨 복잡한 표정을 보였고, 지니로 말할 것 같으면 알버트의 위압감에 겁에 질려 울먹이며 바들바들 떨었다.

그런 우리에게 회의적인 시선을 보내는 사람이 다수.

그 대표라는 듯이 한 남자가 입을 열었다.

"아무래도 이곳에 어울리지 않는 자들이 앉은 모양입니다만?"

딱히 이렇다 할 개성이 없고 얼핏 평범하게 느껴지는 남자.

그러나 그는 젊은 신예이자 문관의 최고봉, 칠문군의 자리에 이름을 올린 두뇌파다.

……이 녀석의 얼굴을 보는 것도 상당히 오랜만이다. 나도 모르게 그리워하고 있으니.

"그들은 베다 경과 리디아가 아끼는 이들이다. 특히 아드 메테오르의 역량은 우리와 비교해도 손색이 없지. 다양한 요소를 가미하면 이 자리에 어울리지 않는다는 평가는 부당하다."

담담하게 말한 것은 리디아 군에서 출석 멤버로 뽑힌 한 사람.

그 용모는 실피와 마찬가지로 앳된 소녀이다. 그러나 실피와는 달리 그 모습에서는 이지적인 인상을 받는다.

실제로 이 안경 소녀는 《최현(最賢)의 용사》로 불리는 리디아 군의 주요 멤버다.

역사에서는 저번 전쟁에서 비극적인 말로를 맞이했지만,《마왕》의 역사 개변으로 다행히도 살아남아 이 자리에 참석했다.

그 외에도 본래라면 죽었을 용사들이 살아남은 상태로 이 자리에 모여 《최현의 용사》가 한 말에 동의하는 뜻을 내비쳤다.

그런 그들에게 칠문군 사람들이 불쾌한 듯이 얼굴을 찡그렸다.

"……애초에 어째서 정규군도 아닌 우매한 손님 따위가 이 자리에 앉은 건가? 그것부터 설명해 주었으면 하는군."

이 한마디는 리디아 군 사람들을 강하게 자극했다.

살기를 띤 몇 명의 주요 멤버들. 그러나 리디아는 무관심하게 입을 열었다.

"그렇지. 네 말이 맞아. 솔직히 입장으로 보면 우리는 여기에 있을 사람들이 아니지."

리디아 일행의 입장은 상당히 복잡하다.

우리 군의 일원이지만 결코 주종 관계가 아니다.

원래 리디아가 이끄는 군대는 그녀가 일으킨 반란군이었다.

그것을 과거의 내가 손님으로 받아들였다.

부하가 아닌 손님으로.

같은 뜻을 가슴에 품은 맹우로서 대등한 입장을 보증하고서 받아들인 것이다.

그래서 그녀들은 원칙적으로 우리의 명령을 들을 필요가 없다. 그런데도 권한만큼은 사천왕이나 칠문군과 동격이나 그 이상.

그런 상황에 반발하는 사람은 적지 않았다. 또한 이따금 전략만이 아니라 국지전의 전술까지 정하는 칠문군들이 치밀하게 짠 전술을 엉망으로 만드는 돌격 바보. 다시 말해 리디아라는 존재 자체가 무척이나 불쾌했을 것이다.

"……그런 자각이 있다면 서둘러 물러나 주는 것이 어떤지?"

"아니, 그럴 수는 없어. 왜, 바르 공 얘는 내가 없으면 쓸쓸해서 아무것도 못 하잖아. 안 그래?"

장난치는 투로 과거의 나에게 웃어 보였다.

이에 바르바토스는 커다란 한숨을 쉬고는.

"칠문군이여, 제군의 감정은 이해한다. 손님이라는 입장이라면 본래 이 녀석들에게 출석 자격은 없겠지. 그러나 이 녀석들은 우리 군에서 중책을 맡고 있다는 것은 제군도 인정하는 바이겠지.”

“그건, 그렇, 습니다만…….”

“받아들이기 힘든 것도 이해한다. 그러나 지금은 내 얼굴을 봐서 넘어가 주겠는가?”

……과거의 나로서는 진지하게 호소할 생각이었을 것이다.

그러나 실제로 제삼자의 눈으로 보니…… 역사상 최고봉의 가련함을 지닌 사람이 사랑스럽게 부탁하는 것으로만 보인다……!

“폐, 폐하께서 그렇게 말씀하신다면 저, 저희는 따를 뿐입니다!”

“오, 오히려 괜한 소리로 시간을 소비한 점을 깊이 사과드립니다!”

정말이지 이 녀석들 전부 다 말을 잘 들었다.

당시의 나는 부하들이 따르는 모습을 보고 나에 대한 경외의 뜻이라고 생각했는데…… 어쩌면 그것만이 아니었을지도 모른다.

지금 보니 칠문군 녀석들은 마치 사랑에 빠진 소년, 소녀 같은 눈을 하고 있으니까.

……어쨌든.

“아 그리고. 이참에 말해둔다만…… 아드 메테오르와 그 동료, 두 소녀에 대해서도 이 자리에 출석하기에 합당하다고 생각한다. 특히 아드 메테오르는 《최현의 용사》가 평가가 옳고, 두 동료인 소녀는 이곳 분위기를 화사하게 해주니까 말이야."

"하하! 그건 그래! 가끔은 좋은 말 하네, 바르 공!"

깔깔 크게 웃으며 옆에 앉은 지니의 어깨를 팔로 감싸는 리디아.

과거의 내가 한 마지막 말은 이곳에 있는 사람들 대부분이 긴장된 분위기를 누그러뜨리려 한 농담이라고 생각하는 모양이지만.

나는 안다. 저 녀석의 말은 절반 이상 진심이라는 것.

과거의 나여, 네놈은 지금 무척 온화한 눈을 두 사람에게 보내며 안심시키려고 하지만…… 그것은 친절이나 자비가 아니라 엉큼한 속마음 탓이지?

누가 뭐래도 네놈은 주변에 여자가 전혀 없으니까.

당시에 줄곧 '어째서 여자들이 나를 피할까?' 라든가 '동성 친구도 있었으면 하지만 그것보다 이성 친구가 있었으면 좋겠어. 동성 친구보다 이성 친구가 어쩐지 랭크가 높은 것 같고……!' 라든가 그런 생각만 했잖아.

안타깝게도 네놈이 좋을 대로 놔두지 않겠다.

이 두 사람은 내 친구니까.

애초에 이 두 사람은 네놈에게 경외의 마음은 품어도 우애의 마음은 없다.

이대로 줄곧 친구가 없는 채 쓸쓸히 보내라.

……어쩐지 말해놓고 슬퍼졌다.

"그럼 이제 슬슬 본격적으로 회의를 시작하겠다."

과거의 나, 바르바토스가 위엄 있게 말을 꺼낸 것을 시작으로 다시 긴장감이 감돌았다.

"우선 단언하지. 이번 일로 나는 《마왕》의 인식을 고치기로 했다. 지금까지는 위험 분자로만 인식하고 최우선 토벌 대상으로 삼지 않았는데…… 선전포고를 받았으니 그럴 수도 없지."

"주군, 그렇다면 다음 전쟁은 《마왕》 토벌전이라 생각해도 됩니까?"

생글거리며 묻는 알버트에게 과거의 나는 살짝 수긍했다.

"그래. 그자가 빼앗은 토지 아라리아 평야 서부, 대도시 아마담을 중심으로 한 일대는 우리의 목적인 대륙 지배를 달성하기 위한 요지. 반드시 빼앗아야 한다."

"……이제 《마왕》은 우리의 패도를 방해하는 존재가 됐다는 거로군."

올리비아의 위엄 있는 음색에 바르바토스는 고개를 끄덕였다.

"그러하다. 따라서 공격한다. 하지만…… 방심과 자만심은 있어선 안 된다. 이번 전쟁은 우리 군의 총력으로 임해 그날 모든 결판을 내기로 한다."

그 의사 표명에 사람들이 술렁였다.

그러나 노장 라이자는 태연자약한 자세로 말했다.

"전군이라면…… 우리 사천왕 전부가 한 지역에 투입된다는 말씀입니까?"

"네놈들만이 아니다. 이번 전장에는 나도 출진할 예정이다."

이번에 술렁이는 소리는 아까에 비할 바가 아니었다.

"크하하하하! 주군이시여! 제가 잘못 들었습니까?! 당신께서 직접 출진하실 생각이라고 들었습니다만!"

"네놈의 청력은 정상이다, 알버트. 이번 전쟁은 오랜만에 내가 총지휘를 잡는다. 상황에 따라서…… 전투 행위에 참가할 일도 있겠지."

그 대답에 알버트는 무척이나 감격했다. 내 옆에서 부들부들 떨던 끝에.

"후하하하하하하하하하! 이거 좋군! 정말이지 멋져! 폐하께서 출진하신다면 이 알버드 에그젝스, 어중간한 활약은 할 수 없겠습니다!"

뭐가 그리 즐거운지 전혀 모르겠다. 역시 이 전투광은 머리가 이상하다.

"하! 얼마 만일까, 너하고 함께 싸우는 게."

"으으으……! 네, 네가 나설 차례는 조금도 없어! 《마왕》 따위는 내가 가볍게 쓰러뜨릴 테니까!"

"사천왕 전체가 참가하면 각지의 수비가 무너집니다!"

"그렇습니다! 어째서 사천왕을 동서남북, 사방에 분산 배치 했는지를 잊으셨습니까?!"

"억지력이 사라지면 잠자코 있던 적 세력이 일제히 공격할 겁니다!"

이에 바르바토스는 정연한 태도로 답했다.

"제군의 의견은 타당하다. 그러니 하루 만에 끝을 내겠다고 말했다. 지금까지 사천왕들은 억지력으로 충분 이상으로 활약해주었다. 적도 하루 정도라면 그 부재에 일종의 전법이 아닐까 의심하겠지."

이제는 결정 사항이다. 그런 의지를 느끼게 하는 말에 칠문군은 반론할 수 없었다. 그 대신.

새로운 의견이 제시됐다.

"우리의 폐하께선 무적의 존재임을 확신합니다. 그러나…… 굳이 여쭙겠습니다. 《마왕》을 죽일 수 있는 확신이 있으십니까? 폐하께선 이전에 그 녀석과 교전하신 뒤 그 목숨을 빼앗지 않고 귀환하셨습니다. 일단 빼앗는다고 정하고 전투에 임하시면 그것을 실패하신 적이 없으십니다. 그런 폐하께서 처음으로 빼앗지 못한 목숨. 이번엔 어떤 이유로 전처럼 되지 않는다고 단언하시는 겁니까?"

이 의문은 즉 《마왕》의 불사 능력을 어떻게 깨뜨릴 것인지, 그 승산을 묻는 것이다.

이에 과거의 나는 장난스럽게 웃고서 오른 검지를 입술에 가져갔다.

"비밀이다."

한쪽 눈을 감고서 일부러 더욱 장난스러운 표정을 지었다.

그런 과거의 내 모습에 칠문군은 당연히 소란스러워졌다.

"이 바르바토스가 믿을 수 없다는 건가?"

단 한마디로 조용히 시킨 뒤 일동을 둘러보았다.

"다음 전쟁에서 내릴 명령은 단 하나."

과거의 나는 분홍색 입술로 말을 던졌다.

그 내용은 역시.

내가 생각과 완전히 동일한 것이었다.

"적이 지배한 성을 반드시 분쇄하라. 그러면 승리. 실패하면 패배. 이번 전쟁은 그런 것이라고 생각하라."

대회의가 끝날 무렵에는 이미 해가 저문 뒤였다.

속전속결이라는 말이 있다. 그 말대로 작전 행동은 신속히 실행해야 한다.

하지만…… 이번에는 대규모 군대를 움직이기 때문에 지금부터 당장 출진할 수는 없었다. 저마다 준비를 마치기까지 약 이틀은 필요하다고 해서 그동안 나와 이리나, 지니는 리디아의 저택에서 지내기로 했다.

……말할 것도 없이 이번에도 베다가 내게로 찾아왔다.

"뭐어어어어?! 또 리디아의 저택에서 지낼 거야아아아아아아아아?! 어째서 나한테 오지 않는 건데?! 너는 내 부하잖아?! 그럼 상관인 나하고 함께 있어야 하지 않아?!"

베다는 겉모습만 보면 가련한 소녀이다. 그런 그녀가 나를 원한다고 하면 싫지는 않은…… 것이 보통이겠지만.

이 녀석의 본성을 아는 처지로서 이 귀여운 용모는 뭐랄까, 식충 식물이 벌레를 끌어들이기 위해 내는 향기처럼 느껴진다.

"……잠잘 때 습격해 억지로 실험하시지 않을 건가요?"

"뭐?! 그야 실험하는 게 당연하잖아!"

바보같이 솔직한 점은 이 소녀가 지닌 유일한 미덕이다.

"……그래서 당신과 함께 있기 싫은 겁니다. 애초에 귀환이라는 우리의 목적에 당신은 아무런 도움도 되지 않고 있습니다. 우리가 당신 밑에 들어간 것은 어디까지나 귀환하기 위해서입니다. 그런 장점이 없는 이상, 이만 리디아 님 쪽으로 전직할 것을 선언하겠습니다."

"뭐어어어어어어어?! 그, 그럴 수가아아아아아아아아! 오랜만에 재밌는 실험대를 손에 넣었다고 생각했는데에에에에에에 에에에에!"

분수처럼 눈물을 쏟는 베다.

……그 소동을 들었는지 알버트까지 더해져 정말로 큰일이었다.

그런 소란스러운 사건을 거쳐, 우리는 리디아의 저택에 도착했다.

여기서도 개인실이 주어져 간신히 심신을 쉴 수 있게 되었다.

"……그럼 시키실 일이 있으시면 불러주십시오."

그렇게 말하고 물러난 것은 전부터 내 전속으로 지정된 노예 소녀, 라티마였다. 갈색 피부와 하얀 머리카락이 특징인 그녀 또한 리디아를 따라 이동해 이곳 수도에서도 나를 돌봐주게 되었다.

"후우…… 정말이지 이 시대는 정신이 없군……."

한숨을 쉬며 침대에 앉았다.

현대에서 시간을 보낼 때와 비교하면 이 시대는 무엇을 하든 신속하다.

그러나 그에 따라 최근 동향이 지나치게 급변했다.

"설마 이렇게 빨리 귀환 목표를 달성할 기회가 찾아올 줄이야. ……아직 이쪽에 온 지 보름도 안 됐는데."

처음에는 연 단위의 시간이 필요할지도 모른다고 걱정했지만, 막상 시작되니 정말이지 빠르게 진행됐다.

그런 생각을 하고 있으니 자연스럽게 지금까지의 일이 뇌리에 떠올랐다.

신이라 하는 의문의 존재와 만남. 그에 따라 수학여행이 시간여행으로 변화.

과거의 올리비아와 조우.

《마왕》과 만난다는 목적을 달성하기 위해 억지로 베다의 부하가 되어…….

리디아와 재회했다.

"……정말이지 많은 일이 있었어."

어느 틈엔가 머릿속이 리디아로 가득해졌다.

리디아를 도와 후방 지원을 하고. 리디아와 나란히 출진했다.

전부 두 번 다시 있을 수 없는 일이라고 확신했었다.

그런데 지금 현실이 되었다.

어쩌면 원래 시대로 돌아간 뒤에도 그것이 이어질지도 모른다.

나는 눈을 감고서 생각에 잠겼다.

"……저번 전투로 역사는 확실히 달라졌을 거야. 죽을 예정이었던 사람들은 살아남았고, 리디아도 저주를 받지 않았어."

그 비극이 발생한 원인은 꼭 그것만은 아니었지만…… 그렇다 해도 계기는 없앴다. 그렇기에 혹시 하는 희망이 보이기 시작했다.

어쩌면 리디아가 생존한 미래에서 그녀와 함께 행복한 시간을 보내게 될지도 모른다.

그럴지도 모르지만…….

"그 자칭 신은 우리에게 역사를 수정하라고 말했어. 그렇다면 이대로 돌아갈 경우……."

그렇게 혼잣말을 했을 때였다.

"네놈이 생각하는 것처럼 되겠지."

갑자기 날아든 목소리가 생각을 차단했다.

나는 감았던 눈을 곧바로 뜨고서…… 문 앞에 선 남자의 모습을 확인했다.

온몸을 두른 불길한 칠흑의 갑옷.

그 모습에 나는 날카로운 시선을 보내며 입을 열었다.

"제게 무슨 일이십니까? ……《마왕》님."

그렇다, 《마왕》이다.

우리가 현대로 돌아가기 위해 쓰러뜨려야 하는 목표.

지금은 이 세계 모든 자들의 적인 남자.

그런데 어째서 내 앞에 나타났는가.

상대는 그 의문에 답하지 않고 방금 한 말의 뒤를 이어나갔다.

"그들이 정한 역사는 그리 간단히 뒤집을 수 없다. 이대로는 강력한 수정력이 발동해…… 리디아는 같은 결말을 맞이하겠지."

무척이나 충격적인 내용에 나는 잠시 깜짝 놀랐다.

그러나 이내 냉정함을 되찾고서.

"……당신도 다른 시대에서 이쪽으로 왔습니까?"

이 질문에 《마왕》은 탁한 웃음을 흘리며.

"일단 그 한심한 연기를 그만둬라. 지금 네놈은 확실히 아드메테오르겠지만…… 내 앞에서 계속 그 가면을 쓰고 있을 필요는 없다."

"……그건 무슨 뜻이죠?"

그 질문에 《마왕》은 살짝 숨을 내쉬고서 이렇게 답했다.

"나는 네놈이자, 네놈은 나다. 거울을 앞에 두고서도 네놈은 가면을 계속 쓸 건가?"

영문을 모르겠다.

그런 생각이 얼굴에 드러난 순간.

"이것 참. 이렇게 보여주지 않으면 이해할 수 없다는 건가."

내가 한심하다는 듯한 말투로 그렇게 말하고서.

마왕은 자신의 머리를 가리던 뾰족한 투구에 두 손을 뻗었다.

뒤이어 철컥 소리가 울리고.

투구를 벗고 그 얼굴을 드러냈다.

"뭐……?"

나도 모르게 눈이 휘둥그레지고 깜짝 놀란 목소리가 나왔다.

그런 내 반응에 상대는.

"놀랄 것 없다. 네놈이 이 시대로 왔다. 그렇다면…… 내가 그렇게 되어도 이상하지 않지."

자조적인 미소를 떠올린다.

그 얼굴은 다름 아닌──.

나, 아드 메테오르의 얼굴이었다.

제49화 전직《마왕》님, 고뇌의 극치에 이르다

오래 살면 어지간한 일에는 동요하지 않게 된다. 혹은 그렇게 된다 해도 금방 침착해지기 마련이다.

하지만…… 이번에는 여전히 내 심신이 굳어 조금도 움직일 수 없었다.

타도해야 할 대상인《마왕》. 설마 그것이 나 자신이었을 줄이야……!

그 녀석의 외모는 이 아드 메테오르와 똑같았다.

그러나…… 세세한 부분에는 다른 점이 있었다.

우선 두발. 흰머리가 섞인 머리카락은 나보다 약간 길었고 부스스했다.

그리고 얼굴. 날카로운 눈빛은 마치 야수와 같았고, 이마에서 턱까지 비스듬하게 난 흉터가 그런 인상을 더욱 강하게 했다.

이 약간의 용모 차이는…….

"그래. 우리는 분명 동일 인물이다. 그러나 태어난 세계가 다르고 지금까지의 경위도 다르다. ……크게 보자면 비슷하겠지만. 서로 바르바토스로 살다 아드 메테오르로 전생해 다양한 것을 얻고 바로 잃었지."

아파 보이는 흉터가 난 입가에 자조적인 표정이 깃들었다.

그리고.

"네놈은 아직 무언가를 잃지 않았겠지. 나와는 다르게 아무런 실패도 경험하지 않았을 거다. ……나는 무력했다. 모든 걸 실패했지. 그래서 나는…… 아드 메테오르라는 이름조차 버렸다. 지금은 디재스터 로그라고 하지. 네놈도 그렇게 불러라."

_{완전 결락의 실패자}

그는, 또 다른 나는 자신을 조롱하는 미소를 한층 더 강하게 띠었다.

……이 녀석은 확실히 나지만 어떤 의미로는 다른 사람이라 할 수 있을 것이다.

아무래도 우리는 걸어온 길이 너무나도 다른 듯하다.

거기에 어떤 감상을 품지 않을 수 없었다. 그러나 지금은 그 사실을 파고들 상황이 아닐 것이다.

나는 그가 앞서 말했던 것처럼 아드 메테오르로서의 가면을 벗고 입을 열었다.

"……네놈은 어떻게 이 시대로 왔지?"

"그 점은 똑같겠지. 신을 자칭하는 자가 갑자기 나타나 그자가 꺼낸 이야기를 받아들였고, 그 순간 이 시대에 왔다. 그 후에는 네놈도 알다시피 나는 《마왕》으로 활동했지. ……얄궂은 법이지. 목적을 달성하기 위해서는 과거에 죽을 만큼 싫었던 이명을 자칭해야 하니 말이야."

탄식과 함께 고개를 가로저었다.

그의 감정은 뼈저리게 이해하지만 지금은 아무래도 좋았다.

신경 써야 할 것은 단 한 가지.

"목적, 이라고 했나? ……네놈은 대체 무엇을 꾸미고 있지? 《마왕》으로 활동해 어떤 결과를 얻으려는 거지?"

그 질문에 또 다른 나, 디재스터 로그는 고개를 숙인 채 중얼거렸다.

"리디아를 구하고 싶다. 내가 지은 죄를 속죄하고 싶다. 그것뿐이지."

……이 대답은 의외가 아니었다. 오히려 너무나도 와 닿았다.

그 뒤로 그는 이해한 내 눈을 가만히 바라보며.

"네놈도 마찬가지겠지. 리디아를 구하고 싶다고 생각하지 않나?"

"……그래. 그 점에 대해서는 나와 네놈의 의견이 일치한다."

"그렇다면 내 손을 잡아라. 우리의 목적은 같다. 다툴 필요가 없지."

정말이지 지당한 말이다.

그러나 가슴에 소용돌이치는 의문 몇 가지가 그와의 협조를 거부했다.

"두 가지, 대답해다오. 우선 하나. 그 이야기는 이 시대의 내게도 했나?"

"아니. 나는 누구보다도 나 자신을 싫어한다. 특히…… 이 시대의 나를."

그는 주먹을 쥐고서 얼굴에 분노를 담고서 말을 이었다.

"너무나도 어리석었기에 우리는 리디아를 잃었다. 아니, 살해했다. 그녀의 죽음은 전부 우리 탓이다. 그렇지?"

"……그래. 그 말이 맞다."

"그래서 나는 이 시대의 나를 특히 증오한다. 그 녀석과 협조하는 것은 죽어도 사양한다. 오히려 나는 과거의 자신을 죽이고 싶을 정도지."

이 감정도 이해할 수 있지만 역시 신경 쓸 일이 아니다.

"자신을 싫어한다면 어째서 나를 끌어들이려는 거지?"

"……네놈은 조금 사정이 다르다. 같은 죄를 짊어졌고 아마 같은 감정을 공유하고 있겠지. 그렇다면 손을 잡는 것도 좋을 것이라고 생각했다. 무엇보다 나는 자신을 누구보다도 이해한다. 이렇게 말하면 내 생각을 이해할 수 있겠지?"

나는 고개를 살짝 끄덕였다.

우리의 역량은 아마도 비등할 것이다. 그래서는 이 시대의 내게 이길 수 없다. 유일한 이점인 불사 능력도 첫 전투에서 당황하게 했을 뿐, 지금은 그 실태를 들켜 내몰렸다고 할 수 있다.

그러나 우리가 손을 잡으면? 어쩌면 이 시대의 나와 호각으로 싸울 수 있을지도 모른다.

그런 생각은 이해할 수 있지만.

여기서 나는 두 번째 질문을 던졌다.

"애초에 나로서는 네놈의 행동을 이해할 수 없다. 어째서 이 시대의 나와 싸우는 거지? 리디아를 구하고 싶다는 목적을 이루기 위해서라면 이 시대의 나와 적대하는 것은 어리석은 짓일 텐데. ……설마 싫기 때문이라고 대답할 생각은 아니겠지?"

"물론. 아무리 싫다 해도 용의 역린을 건드리지는 않는다."

"그렇다면 어째서……?"

"그 질문은 첫 번째 질문의 대답과도 이어진다. 내게는 어떤 사정 탓에 이 시대의 나와 손을 잡을 수 없다. 오히려…… 싸울 운명이지."

나는 아무 말 없이 눈으로 다음 말을 재촉했다.

그는 나의 의도를 파악했는지 조용히 말했다.

"네놈이 신을 자칭하는 자에게 어떤 과제…… 아마 나를 토벌하는 거겠지. 그것을 준 것과 마찬가지로 나 또한 과제를 받았다. 그것은……."

그 대답은 정말이지.

"세계를 없애라. 그런 활동을 해라. 그것이 이어지는 한 이 시대에 머물게 해 주겠다. ……신을 자칭하는 그 남자에게 받은 것은 그런 과제였다."

말문을 잃기에 충분한 내용.

반면 또 한 명의 나, 디재스터 로그는 빠르게 말했다.

"그런 사정이 있다 보니 나는 다시 《마왕》이 됐다. 아니, 진정한 《마왕》이 된 것은 처음이니 다시 됐다는 것은 이상한 말이겠군. 어쨌든 나는 이 세계를 없애기 위해 움직인다. 그것 또한 목적을 이루는 데 필요한 일이다. 따라서 망설이거나 당황할 이유는 처음부터 없었지."

"……목적을 이루기 위해서라고? 네놈의 목적은 리디아를 구하는 것이 아닌가? 세계를 없애는 것과 리디아를 구하는 것이 어떤 연관이 있지?"

간신히 꺼낸 말에 로그는 미소를 떠올렸다.

그것은 역시 자신을 조롱하는 어두운 미소였다.

"아까도 말했을 텐데. 내 목적은 리디아를 구하고…… 자신의 죄를 속죄하는 것이라고."

"……속죄한다면 더욱 네놈의 생각을 모르겠군. 세계를 멸망으로 이끄는 것은 더 깊은 죄를 짓는 것이 아닌가?"

내 말에 로그는 어깨를 떨구고 보란 듯이 낙담했다.

어째서 그런 태도를 보이는지 이해할 수 없었다.

자연스럽게 미간에 주름이 잡히고…… 그 순간 로그의 모습이 눈앞으로 다가왔다.

눈에도 보이지 않는 속도. 로그는 이리로 빠르게 접근하고는.

내 멱살을 잡고서 내 눈동자를 들여다보며 말을 이었다.

"리디아가 죽을 때를 기억하나?"

"……당연하다. 잊을 리가 없지."

"그렇다면 어째서 내 감정을 이해하지 못하지? 네놈은 정말로 나와 같은 인물인가?"

그의 표정에는 강한 짜증이 섞여 있었다.

영문도 모른 채 나는 입을 다물 수밖에 없었다.

반면 그의 혀는 빠르게 돌아갔다.

"저주가 조금씩 정신을 잠식한 것. 동료를 잃은 것. 많은 일이 그녀를 피폐하게 해…… 그리고 그날이 찾아왔다. 마지막 《바깥 자들》이자 최상급 적. 리디아는 그 녀석과 빠르게 결판

짓자고 제안했지만 나는 그러지 않았다."

"그래…… 그 자를 쓰러뜨리기 위해서는 막대한 위험 부담을 짊어져야 했다. ……리디아를 잃는 것조차 각오해야 할 정도로."

당시의 나는 그 사실을 견딜 수 없었다.

그 시절의 나는 무척이나 고독해서 리디아만이 살아갈 의미였다.

그 녀석만이 친구로 있어 주었다. 그래서 나는…….

무엇보다도, 누구보다도 리디아를 잃고 싶지 않았다.

"우리는 그때 완고히 동의하지 않았다. 어째서지?"

"……리디아가 소중했다. 죽지 않았으면 했다. 그런 위험 부담을 짊어질 바에야 《바깥 자들》 하나 정도는 내버려 둬도 괜찮다고 생각했다."

"그렇다면……!"

그 순간.

로그의 눈동자에 깃든 분노가 정말로 불타는 열화와 같이 반짝였다.

"그 마음을……! 그 마음을! 그대로 전해 주었더라면! 그런 일이 벌어지지 않았다! 아닌가?!"

쏟아지는 노기에 나는 말문을 잃었다.

……그것은 지금까지 절대로 생각하지 않게 노력했던 것.

자신이 저지른 최대의 죄였다.

"내 탓이다! 그 녀석이 홀로 적지에 뛰어든 것도! 전투에서 패배해 세계의 적이 된 것도! 전부! 내 탓이다! 그때 솔직히 마음을 전했더라면 그런 일은 벌어지지 않았을 거다! 괴물이 된 리디아를 이 손으로 죽이는 일도 없었을 거다!"

그 분노한 목소리가. 그 죄가. 다른 사람 일이었다면 얼마나 좋았을까.

나 자신이 말하는 나 자신의 죄다.

"얼마나 후회했던가. 얼마나 괴로워했던가. ……나는 죄악감을 견딜 수 없었지. 그래서 자살했다. 하지만…… 세계는 내가 잠들게 두지 않았다. 도망치게 두지 않았다."

중얼거리며 로그는 움켜쥐었던 멱살을 밀치듯 놓고서.

두 손으로 백발이 섞인 머리를 감싸며 피를 토하듯 토로했다.

"기억을 지닌 채 아드 메테오르로 전생한 뒤에도 엉망이었다. 새롭게 얻은 모든 것을 자신의 실패로 계속 잃었다. 리디아 때처럼 말이야. 나는 그제야 아무리 애를 써도 죄를 거듭하는 인간이라고 확신했지. 그래서 이제…… 끝내고 싶었다. 이 죄를 어떻게든 속죄해 모든 것을 끝내고 싶었지. 그때였다. 그 신을 자칭하는 남자와 만난 것은."

나는 그저 녀석의 말에 귀를 기울일 수밖에 없었다.

"과거로 돌아갈 수 있다. 그 말을 들은 나는 바로 승낙했지. 이것으로 속죄할 수 있다. 리디아를 구하고…… 세계의 적으로 미움을 받으며 그녀의 손에 의해 죽을 것이다. 증오하는 괴물이 되어 과거 자신의 잘못으로 괴물로 변해버린 친구의 손에 죽을 수 있다. 이것이야말로 내 죄의 복수다. 과거 리디아가 도달한 결말을 스스로가 맞이하는 것으로…… 간신히 내 모든 것이 끝난다."

거기까지 말한 로그는 내게 오른손을 내밀었다.

"네놈도 그때의 일을 죄라고 생각한다면. 리디아를 구하고 속
죄할 마음이 있다면. 나와 함께 마지막 죄를 저지를 각오를 해
라. 인간이든 마족이든 상관없이 평등하게 죽인다. 죽이고 죽
이고 죽인 끝에."

"구해낸 친구의 손에 죽는다……."

그것은 정말이지 더할 나위 없는 비극이다.

내가 맞이하기에 어울리는 결말일 것이다.

……얼마 전 나는 실피와 재회해 다시 죄와 마주하게 됐다.

그러나 그것은 아무래도 착각이었던 듯하다.

나는 자신의 죄와 똑바로 마주하지 않았다.

내 분신을 눈앞에 두고서야 그 사실을 깨달았다.

"나는……."

순간 뇌리에 이리나와 지니의 얼굴이 떠올랐다.

이 결단은 그녀들을 슬프게 할 것이다. 하지만 그렇더라도…….

나는 마주 선 자신의 손을 잡으려 했다.

그러나…… 그 직전.

『시시한 짓은 하지 말고.』

얼마 전에 리디아가 했던 말이 뇌리에 떠올랐다.

한순간 망설임이 생겨났다.

그것은 자신도 알 수 없는 망설임이었다.

어째서 상대의 손을 잡을 수 없는지 알 수 없었다.

……그런 내 마음을 깨달았는지는 모르겠지만.

"시간을 주마. 사흘 후 낮 12시. 아라리아 평야 서부, 멸망의 대지에서 기다리마."

그렇게 말한 로그는 곧바로 전이 마법을 발동한 듯하다.

"잊지 마라. 우리는 용서받지 못할 죄를 저질렀다는 사실을."

마지막으로 남겨진 말이 묵직하게 다가왔다.

나는 언제까지나 허공을 바라볼 수밖에 없었다.

제50화 전직《마왕》님, 답을 찾다

결국 한숨도 자지 못한 채 밤이 밝았고.

방문을 노크하는 소리가 울렸다.

"……실례합니다."

라티마의 목소리였다. 조용한 목소리가 들린 뒤 바로 그녀가 들어왔다.

"오늘도 깨어 계셨군요."

평소라면 여기에 '애써주는 보람이 없어서 죄송합니다.' 하고 쓴웃음을 지으며 대답했겠지만. 지금은 도저히 빈말할 기운이 없었다.

그러나 라티마는 그런 내 모습에 관심을 보이지 않았다.

"아침 준비가 됐습니다. 식당으로 와주세요."

담담하게 사무적으로 말하는 라티마에게 나는 고개만 끄덕이고서 일어났다.

그리고 그녀의 뒤를 따라갔다.

……그 도중.

"라티마 씨."

어째서 말을 걸었을까. 나도 모르겠다.

깨닫고 보니 그녀의 등 뒤로 질문을 던졌다.

"만약…… 리디아 님과 자신을 저울질할 때가 온다면. 당신은……."

"어리석은 질문이네요."

딱 잘라 말하는 음색이었다.

"저는 리디아 님을 위해서라면 무엇이든 할 것입니다."

막힘없이 당당한 단언이었다. 이 아이는 진심으로 리디아를 위해서라면 어떤 일도 하겠다고 말한다.

……그에 반해 나는 어째서 망설이는 걸까.

결국 해답을 찾지 못한 채 식당에 도착해 널찍한 공간 속에서 모두와 식탁에 둘러앉았다.

"오늘도 라티마가 만든 밥은 맛있네~!"

"……감사합니다, 리디아 님."

"한 공기 더!"

"넌 진짜 잘 먹는구나."

"흐흠~! 한창 자랄 때니까!"

"……자랄 때?"

"뭐야, 지니! 하고 싶은 말이 있으면 해!"

"아니요, 아무것도 아니에요~ 자라면 좋겠네요~ ……특히 가슴이."

떠들썩한 아침 풍경.

이리나와 지니도 이미 이 시대의 실피와 친해져 현대에 있을 때와 같은 관계를 맺었다.

그렇지만.

나는 한마디도 하지 않고 묵묵히 음식을 입으로 옮겼다.

……맛을 모르겠다.

혀에 신경이 통하지 않는 것만 같았다.

이것도 전부 어젯밤 일이 원인일 것이다.

『그 마음을! 그대로 전해주었더라면! 그런 일이 벌어지지 않았다!』

『나와 함께 마지막 죄를 저지를 각오를 해라.』

그렇게 하면 리디아를 구할 수 있다. 그리고…… 나는 자신의 죄를 청산할 수 있다.

그것 이외에 속죄할 방법이 없다.

……그런데 어째서 나는 망설이는 걸까.

《마족》만이 아니라 무고한 백성들도 죽여야 하기 때문일까?

아니면…… 나는 리디아를 죽인 일에 로그 정도의 죄악감을 느끼지 않는 걸까.

……그럴지도 모른다.

갑자기 전에 지니와 나누었던 말이 뇌리에 떠올랐다.

학교 축제가 끝난 뒤의 일이었다.

『아드 군은 《마왕》님 인가요?』

이 질문에 나는 즉답했다. 아니요, 아닙니다, 하고.

그 목소리에는 무의식중에 가시 돋친 감정이 담겨 있어서 어째서 그렇게 감정적이 됐는지 알 수 없었지만…… 또 다른 자신인 로그와 만나는 것으로 이해할 수 있었다.

나는 도망치고 싶었다. 《마왕》이라는 칭호, 다시 말해 자신의 과거에서 도망치고 싶었다.

자신이 저지른 죄를 잊고 아드 메테오르라는 다른 사람의 인생을 걷고 싶었다.

바르바토스로 살아온 인생과는 다르게 아드라는 인생은 즐거운 일들로 가득했다.

그래서.

……아, 정말이지. 내가 생각해도 구역질 난다. 나는 이렇게까지 자기중심적인 사람이었구나.

친구를 죽이고서도 혼자만 구제받으려 하다니.

너무나도 제멋대로다. 혐오스러운 생각이다.

……제멋대로인 탓에 나는 망설이는 것일까.

생각하면 할수록 자기혐오가 강해진다.

그때.

"여, 아드. 너 오늘 한가하냐? 한가하지?"

"네?"

"오늘 하루 나하고 어디 가자. 알았지?"

당혹함과 함께 리디아의 얼굴을 보았다.

……맑은 눈동자가 나를 응시하고 있었다.

마치 모든 것을 꿰뚫어 보는 그 눈에 표현하기 어려운 복잡한 감정을 품었다.

그러나 어찌 됐든.

"……알겠습니다."

거절할 수 없었다.

……아침을 먹은 뒤 리디아는 빠르게 내 손을 끌어당겨 밖으로 나갔다.

왕도 킹스 그레이브의 활기는 전선 도시 에텔과 비할 바가 아니었다.

아무런 과장도 없이 고대 세계에서 가장 번영한 대도시. 나는 그 한복판을 리디아와 함께 걷다…….

"오오! 거기 아가씨! 오늘 밤 나와 정열적인 밤을 지내지 않을래요?!"

……색정마, 아니, 리디아가 여자를 유혹하는 광경을 잔뜩 보았다.

게다가.

"야, 아드! 너도 해봐! 계집질 하나 못해서야 어엿한 전사가 될 수 없다고!"

억지로 참가하게 하더니…….

"어째서 너만 인기 있는 거야! 웃기지 말라고!"

불합리한 폭력을 당했다. 너야말로 웃기지 마.

……어째서일까.

나는 정말로 어째서 이런 녀석을 친구라고 생각했을까.

"빌어먹을! 이렇게 된 이상 많이 먹기로 겨루자!"

이렇게 어린아이가 그대로 어른이 된 것 같은 바보가.

"이, 이번엔 그거…… 다, 달리기를 겨루자…… 꺼윽."

이렇게 정말이지 죽이 맞지 않는 녀석이.

"에잇~ 정말! 한 번 정도는 지라고, 이 자식! 성격 참 더럽네, 이 멍청한 녀석!"

"……질 때마다 때리지 말아 주시겠습니까?"

이렇게 성격 나쁘고 엄청난 바보 녀석이.

어째서 이렇게나 좋은 걸까.

……몹시 화가 솟구쳐서 나도 때려주었다.

"크억?! 이, 이 자식……! 처녀 얼굴에 주먹을 날리다니 최악이네!"

"처녀? 어디에 처녀가 있습니까? 제 눈에는 야만스러운 암컷 원숭이밖에 보이지 않습니다만."

"하하하하하하! 죽여주지!"

한심한 행동에 응수하며 주변 시선도 신경 쓰지 않고 벌어진 치고받는 싸움.

정말이지 화가 난다.

이렇게 마음에 들지 않는 녀석은 어디에도 없었다.

이렇게나 정반대인 인간은 어디에도 없었다.

그리고 무엇보다…….

이렇게 사양하지 않고 대해주는 녀석은 어디에도 없었다.

"으랴!"

쓸데없는 생각 탓인지 평소라면 피할 주먹을 피하지 못해…….

정통으로 얼굴을 맞은 나는 그대로 길 한복판에 대자로 뻗었다.

"좋아! 내가 이겼다!"

뻐기는 표정을 하고는 쓸데없이 커다란 가슴을 펴는 멍청이.

그 반짝이는 얼굴이 괜히 밉상이었다.

"이걸로 내 전승이네!"

"……무슨 말입니까. 여전히 당신이 더 많이 졌습니다."

"시끄러워! 싸워서 이긴 녀석이 전승한 거라고! 지금 내가 정했어!"

"……너 바보지?"

나도 모르게 속마음이 나왔지만 아무래도 좋았다.

어차피 모든 것을 들켰을 것이다.

내가 평소 아드 메테오라는 인격을 연기한다는 것을.

내가 고뇌하고 있다는 것도.

……어쩐지 짜증이 치밀어 다리를 후렸다.

"으앗?!"

멋지게 명중했다. 포장된 땅에 얼굴을 부딪친 리디아. 꼴좋다.

"이, 이 자식……! 치사하잖아!"

"피하지 못한 당신이 잘못한 겁니다."

이래저래 2차전이 발발해…….

"하아, 하아, 제가, 이겼습니다. 이것으로, 제 승리입니다."

"뭔 말, 이야, 이 바보가…… 이건, 취소야, 취소……."

서로 엉망이 된 얼굴을 드러내며 추한 말다툼을 했다.

그런 모습은 다른 사람에게는 어떻게 보일까.

……상당히 얼빠진 녀석들이라고 생각하겠지.

아, 이 무슨 바보 같은 짓을 하는 걸까.

그렇게 생각하니 어쩐지 웃음이 나왔다.

"후, 후후……."

아무래도 마주한 바보도 같은 생각을 한 듯하다.

"하하하하하……."

한껏 웃고서 리디아는 크게 숨을 내쉬었다.

"어때? 갑갑한 마음이 날아갔어?"

똑바른 눈으로 그런 말을 했다.

……역시 알고 있었나.

"당신은 바보 주제에 정말 감은 날카롭군요."

"시끄러워. ……그래서, 어때?"

나는 고개를 가로저으며 대답했다.

"……잃은 것을, 소중한 사람을 되찾는 대신…… 자신의 모든 것을 희생해야 한다면 당신은 어쩌겠습니까?"

이것만으로는 영문을 알 수 없는 질문일 것이다. 아무도 내 심리를 이해하지 못할 것이다.

그러나 리디아는 마치 못난 아이에게 기가 찬 듯한 표정을 하고서는.

"너 비행 마법 쓸 수 있지?"

"……그건 왜?"

"따라와, 보여주고 싶은 게 있어."

그렇게 말하고서 리디아는 하늘로 떠올라…….

얄미울 정도로 푸른 하늘로 비상했다.

하늘을 날기를 몇 시간. 맑았던 하늘이 주황빛으로 바뀌고 있었다.

리디아의 뒤를 따라 하늘의 한복판을 날며 생각했다.

아까 질문에 그녀가 곧바로 수긍했다면 조금이나마 망설임을 떨쳐냈을지도 모른다. ⋯⋯또 다른 자신과 함께 진정한 의미로 《마왕》이라 불릴 결심을 할 수 있었을지도 모른다.

모든 것을 잃으면서도 리디아만은 구해⋯⋯.

마지막에는 그녀의 손에 의해 쓰러진다.

그런 미래를 받아들였을지도 모른다. 그러나 리디아는 고개를 끄덕이지 않았다.

어째서일까.

그렇게 생각했을 때였다.

"영웅이니 《용사》니 불리고 있지만 나는 그렇게 대단한 녀석이 아니야. 아니, 오히려⋯⋯ 그렇게 불린다는 건 다시 말해 한심한 인간이라는 증표일지도 모르지."

노을 속에서 리디아가 불쑥 중얼거렸다.

무슨 의도로 한 말이었을지 그 뜻을 물어보기도 전에.

"⋯⋯도착했다."

그렇게 말한 리디아가 낙하를 시작했다.

나도 뒤를 따라 지면에 섰다.

그곳에는 폐허만이 남아 있었다.

이 땅은 이전에 어엿한 성곽 도시로 기능했을 것이다.

그런데 지금은 건축물 대부분이 원형을 잃었고 사람은 어디에도 없었다.

"여기는……."

"내가 저지른 죄, 그 자체다."

쓸쓸한 표정을 한 리디아.

그 직후였다.

갑자기 우리의 주위로 대량의 검은 안개가 발생해……

그것들이 해골로 변하기 시작했다.

"……죽은 자의 마지막 말?"

인간은 죽을 때 누구나 사념을 낸다.

그 사념이 지나치게 강하면 사념체가 되어 그 자리에 머물게 된다.

죽은 자가 마지막으로 남긴 의사의 소용돌이. 그것이 죽은 자의 마지막 말이다.

그리고 녀석들은.

죽어서도 남는 자신의 정념을 드러냈다.

"리디, 아아아아아아……!"

"악마, 악마, 악마아아아아아……!"

"내 아이를 돌려줘어어어어어……!"

"지옥으로 떨어져라아아아아……!"

그것들은 모두 리디아를 향한 증오였다. 리디아를 향한, 살의였다.

그녀의 주위로 소용돌이치며 저주의 마음을 흩뿌리는 죽은 자의 마지막 말.

그러나 그것들은 실체가 없는 사념체. 그래서 산 자에게 육체적인 영향을 줄 수 없다.

그러나…… 마음은 다르다.

리디아는 힘든 얼굴로 말했다.

"역시 힘드네. 마주해야 한다는 건 알고 있지만 자꾸 도망치고 싶어져."

그 얼굴이 당장에라도 울 것만 같아서…….

나는 무의식중에 말하고 말았다.

"이건 대체……."

"아까도 말했잖아. 내가 저지른 죄라고. 여기는 예전에 《마족》만 사는 도시였어. 그리고…… 우리는 전에 이곳을 공격했지. 전략상 여기는 요지였으니까. 반드시 빼앗아야 할 곳이었어."

참회하는 얼굴로 리디아는 말을 이었다.

"성을 무너뜨리고 장병을 잡는 건 간단했지. 하지만…… 점령은 어려웠어. 민간인이 얌전하지 않은 정도가 아니라 야습을 해서……."

리디아는 떨리는 목소리로 결말을 말했다.

"우리는 민간인을 학살했다. 남녀노소 상관없이 한 명도 남기지 않고 죽었어. ……그러지 않으면 동료가 희생될 테니까. 그래서 최선의 행동을 했지."

결국 리디아의 눈동자에 눈물이 떠올랐다.

그 표정에는 강한 후회와 자기혐오가 깃들어서…….

이 녀석의 이런 얼굴은 처음이었다.

아니, 애초에 이런 말을 들은 것도 처음이었다.

……보고 있을 수 없다.

그렇게 생각한 나는 짐을 덜어주려 했지만.

"상대는 전부 《마족》이었죠? 그렇다면……."

"어쩔 수 없다는 거야? 죽여도 죄가 없다는 거야? ……나는 도무지 그렇게 생각할 수 없어."

리디아는 거절했다.

자신을 용서하기 위한 모든 변명을 거절했다.

"인간과 《마족》, 어디가 다르지? 인간은 《마족》을 괴물로 여기지? 마물과 다를 바 없는 교활한 녀석들이라고 믿어 의심치 않아. ……나도 전에는 그랬어. 하지만 그건 착각이었다는 걸 깨달았지. 인간도 《마족》도 근본은 똑같아."

그래서.

리디아는 그렇게 말한 뒤 목소리를 짜내듯 이렇게 말했다.

"나는 그저 살인자에 불과해. 그것을 자각하면서도 앞으로 자신의 손을 더럽힐 거야. ……진짜 괴물이라고 불려야 하는 건 우리 같은 존재겠지."

그런 결론에 아무런 반박도 할 수 없었다.

너는 괴물이 아니야.

대의를 위해 어쩔 수 없이 한 일이야.

너만 짊어질 죄가 아니야.

신경 써도 소용없어.

……그러나 모든 말이 목구멍에서 나오지 않고 사라졌다.

리디아는 누군가의 위로나 용서는 바라지 않았다.

이미 그녀는 어떤 결론에 도달했으니까.

"나는 말이지, 내가 어떻게 죽을지 정해 놨어. 싸우고 싸우고 싸워서. 인간이 누구에게도 위협받지 않고, 가능하다면 《마족》도 하나가 되어 모두가 슬프지 않아도 되는 세계를 만들고 나면…… 되도록 무참히 객사할까 싶어."

그것이 유일하게 자신을 용서할 방법이라고.

리디아는 그렇게 말했다.

그 눈은 너무나 맑아 망설임이 조금도 없었고.

모든 반론을, 모든 반대를 완벽히 봉쇄하는 것만 같았다.

내가 볼 때는 무척이나 잔혹한 눈이었다.

아무 말 없이 그저 가만히 있을 수밖에 없는 나에게 리디아가 미소 지었다.

"나는 말이야, 누군가가 자신의 신념을 굽히거나 자신을 희생하면서까지 구할 가치가 없고…… 어떤 결말을 맞이한다 해도 아무도 신경 쓸 필요가 없어."

그렇지 않다.

그렇게 반론하고 싶어도 할 수 없었다.

이제 무슨 말을 해도 소용없다는 것을 알게 됐으니까.

리디아는 이럴 때 완고히 자신을 굽히지 않는다.

그녀의 자기혐오와 죄악감, 그에 동반한 목적의식은.

그녀의 안에서 신념이 되었다.

그래서.

"……우리의 마음은 어떻게 되는 겁니까? 당신이 그렇게 죽으면……!"

어린아이와 같은 투정을 부릴 수밖에 없었다.

리디아는 그런 내 머리를 쓰다듬으며 달래듯 말했다.

"죗값은 반드시 치러야 해. 적어도 나는 그러지 않으면…… 가슴을 펴고 죽을 수 없어. 사는 것도 중요하지만 죽는 건 더 중요하다고 생각해. 그러니까……."

리디아는 똑바로 내 눈을 보았다.

역시 그 눈동자는 모든 것을 꿰뚫어 보는 것만 같았다.

실제로 그녀는 모든 것을 알고 있을 것이다.

그리고 리디아는 말했다.

"내 죽음을 바꾸려 하지 마."

얼굴 가득 떠올린 미소가 어딘가 쓸쓸해 보였고.

나를 보는 눈은 어딘가 미안해 보였고.

그러나 절대 자신의 의지를 굽힐 생각은 없다고 표명하는 것만 같았다.

……리디아.

그것이 네 바람이라면 나는……!

해가 저물어가는 하늘 아래.

리디아가 저지른 죄의 증거가 저주의 사념을 쏟아내는 와중에.

나는 주먹을 쥐고서.

끌어낸 답을 곱씹었다.

제51화 전직《마왕》님과 고대 세계 최후의 전장

전쟁을 앞둔 전사들은 실로 다양한 감정을 품는다.

불안, 공포, 분노, 희열, 격앙…….

그러나.

여기 두 사람, 아무런 감정도 품지 않은 자들이 있었다.

왕도 킹스 그레이브. 《용사》 리디아의 저택에서.

이리나와 지니 두 사람은 그 방 침대에 앉아 무거운 분위기를 냈다.

그런 두 사람의 머리카락에는 황색 장식이 달려 있었다.

그것은 저번에 리디아가 아드를 하루 빌린 보답으로 두 사람에게 선물한 것이다.

예술적인 점에서는 현대보다 크게 뒤처지는 고대 세계지만 이 머리 장식은 제법 미려해서 현대인인 두 사람도 마음에 들 정도였지만…….

"뭐랄까, 버림받은 것 같네, 우리."

이리나는 머리 장식을 만지작거리며 울분을 풀 수 없다는 듯이 탄식했다.

지니도 같은 심정이었는지 이리나의 말에 수긍했다.

"그래요. 이쪽에 온 뒤로 존재감이 사라진 것 같아요."

"……알고는 있었는데. 그래도 인정하고 싶지 않잖아."

이리나는 일부러 그 말을 하지 않았다.

자신들은 아드에게 짐에 불과하다.

그런 엄연한 사실을 입 밖에 꺼내지 않았다. 아니, 그럴 수 없었다.

"……아드와 나란히 서고 싶다고 생각했는데. 노력도 하고 있는데. 현실은 이러네."

인생은 절대 생각대로 되지 않는다. 설령 아무리 많은 천성의 재능을 지녔다 해도.

이리나가 아버지께 들었던 말이다. 지금 그녀는 그것을 곱씹었다.

어쩔 수 없이 마음이 어두워졌다. 그러나 그 반면에…….

지니는 스스로 무거운 분위기를 떨치며.

"하지만 포기하고 싶지는 않잖아요?"

"……당연하지."

"그런가요. 당신이 포기해주면 제 아드 군 1만 명 하렘 계획도 순조롭게 진행될 텐데요~."

"1만이라니…… 숫자가 늘지 않았어?"

"그게 왜요?"

"……뭐, 몇 명이든 상관없지만. 하렘은 인정하지 않을 거야, 절대로."

꽁한 표정으로 지니를 노려본다.

서큐버스 소녀는 산뜻한 얼굴로 시선을 흘려넘기며 머리에 달린 날개를 파닥파닥 움직였다.

"하아…… 넌 정말 침착하네. 난 네가 뒤처진 걸 제일 신경 쓸 줄 알았는데."

"……신경 쓰지 않는다면 거짓말이겠죠. 하지만."

지니는 분홍색 머리카락에 단 장식을 만지며 과거를 돌이키듯 눈을 가늘게 떴다.

"리디아 님과 약속했어요. 아무것도 생각하지 않고 돌진하자고. 그래서 이제 어두워지지 않을 거예요. 침울할 여유가 있으면…… 가고 싶은 곳을 향해 달릴 거예요. 그러는 편이 건설적이잖아요?"

"……그러네. 그 말이 맞아."

미소 짓는 지니에게 이리나도 떨쳐낸 듯이 미소로 답했다.

"그럼 같이 달려볼까! 아드가 돌아올 때까지 우리가 할 수 있는 노력을 하자!"

무척이나 몸을 움직이고 싶어졌다.

지니도 같은 생각이었는지 이리나의 말에 동의했다.

그리고 두 사람이 마법 훈련장으로 가기 위해 정원으로 이동……하려고 일어났을 때였다.

"실례합니다."

노크도 없이 한 소녀가 실내로 들어왔다.

리디아가 아드 시중을 들게 배속한 노예 소녀…… 라티마였다.

갈색 피부와 하얀 머리카락이 특징인 그녀는 무뚝뚝한 표정으로 두 사람의 얼굴을 바라보고서.

"중대한 알림이 있습니다."

엄숙하게 입을 열었다.

아라리아 평야의 서쪽. 그곳에는 약간 고저 차가 눈에 띄는 구릉지가 펼쳐져 있다.

그곳이 이번 전쟁의 주요 전장이 됐다.

고대 세계의 행군은 현대인에게는 믿을 수 없을 정도로 빠르다.

이른 아침에 출발해 이곳에 도착하기까지 한나절도 걸리지 않았다.

시각은 점심을 지났을 무렵이지만…… 하늘에 선명한 푸른색은 전혀 없었다.

오늘은 구름이 끼었다는 것도 이유 중 하나일 것이다. 그러나 최대의 원인은 역시…….

하늘을 뒤덮은 비룡 집단이었다.

《마왕》은 어떠한 수단을 사용하는지 무한한 마물을 조종해 군대를 갖췄다.

그 항공 전력인 비룡들의 수는 파악할 생각조차 들지 않을 정도였다.

하늘을 자신의 색으로 가득 채운 비룡들은 당연하게 그저 거기에 존재하기만 하는 것이 아니다. 대지에 전개되는 전황을 확인하고서 끊임없이 그 입에서 불 구슬을 뿜었다.

수많은 비룡들의 공습.

그 광경은 현대인이 보면 이 세상의 끝이나 마찬가지일 것이다.

그러나 고대의 전사들에게는 그다지 신경 쓸 상황이 아니었다.

어째서일까.

이곳에 라이자 벨피닉스가 서 있기 때문이다.

사천왕 중 한 명이자 역전의 강자인 노장. 그 이명은 《난공불락의 절대 방어》.

수비와 회복 마법이 특기인 그와, 그가 이끄는 군대는 지금 수호자의 역할을 충분히 다하고 있었다.

전장의 후방, 작은 언덕 정상에서.

전장의 활기를 내려다보며 라이자와 그 군세는 계속해서 일했다.

방어 마법의 원격 발동이다.

쏟아지는 불 구슬에 라이자 일행은 병사 한 명, 한 명에게 방어 마법을 계속 걸었다.

그런 활약으로 비룡 집단의 존재는 완벽히 무력화됐다.

굉장한 점은 그 정확함과 집중력. 무엇보다 끝이 없는 마력량일 것이다.

라이자 군은 1만이지만 전투에 참가한 병사의 수는 8만을 넘었다.

거의 8배 이상의 숫자인데도 완벽한 타이밍으로 방어와 치유 마법을 원격으로 계속 거는 것은 현대인으로서는 상상도 할 수 없는 일이다.

정말이지 신화 그 자체였다.

"……제법 볼만한 장면이군."

라이자는 자신이 할 일을 다 하며 중저음을 울렸다.

그 날카로운 눈빛이 포착한 것은.

압도적인 전과를 거둔 강철의 거인.

그것은 거대했다.

그것은 웅장했다.

그것은…… 절대적으로 강했다.

올려다봐야 할 정도로 크고 손을 쓸 수 없을 정도로 강하며.

최고로 멋있었다.

그것은 그야말로 어린아이의 망상 그 자체였다.

《천재이자 재앙》인 마법 학자 베다가 만든 최고 마도 병기.

그 이름은 《마도기병(골렘)》이다.

크고 두껍고 투박한 형태의 그것은 홀로 만 명의 군대와 필적했다.

온몸이 흉기로, 움직이기만 해도 수많은 마물들이 나뒹굴었다.

땅 위를 달리는 리저드맨 무리는 말할 것도 없었다.

맞은편에서 오는 거룡에게는 필살의 파괴 광선을 선보였다.

절대적이고 압도적인 힘을 선보이며 전장의 한복판에서 두드러진 활약을 보이는 초병기.

그 기체 내부. 조종실에서는.

"게햐햐햐햐! 나아아아아느으으으으은, 신이다아아아아아아아아아아아아아아아아!"

베다 알 하자드는 엄청나게 들떠서는 계속해서 외쳤다.

최신 마도 장치를 사용해 조종석은 360도, 전장의 구석구석까지 볼 수 있게 됐다. 게다가 온냉방 기능 완비. 과자 종류도 완비. 의자에는 마사지 기능까지 모조리 갖추고 있다.

그러나 그런 쾌적함과 압도적인 성능 덕분에 탑승자에게 요구되는 마력량 등의 허들은 무척이나 높아, 지금 이 《마도기병》을 충분히 다룰 수 있는 것은 베다뿐이었다.

"갈파, 폭렬 펀~치! 지금이다, 필살! 브레스트 허리케인!"

어린아이가 장난치는 것만 같은 태도로 마물 대군을 없앴다.

강철 거인의 쾌진격은 멈출 줄 모르고…… 그 순간.

【삐! 삐! 적의 공격을 받고 있습니다. 적의 공격을 받고 있습니다!】

경보음이 조종실 안에 가득 찼다.

……이 마도 병기에는 몇 가지 결점이 있다.

그것은 거대한 몸 때문에 기동력이 없다는 점. 그리고…….

거대하기에 작고 빠른 상대는 대응하기 어렵다.

"음~…… 아이쿠, 골드 워울프 집단이네. 최악의 상성이야."

베다는 그다지 다급하지 않게 기체의 표면 위를 뛰어다니는 적의 모습을 바라보았다.

골드 워울프. 황금색 털을 지닌 늑대 인간들의 총칭이다.

지상에서의 기동력은 모든 마물 중에서도 최고 수준.

발톱은 완강한 마강철조차 버터처럼 자른다.

그런 녀석들이 지금 거대한 기체 위를 당당히 질주하며 장갑판을 그었다.

그런 모습에도 베다는 여전히 침착함을 유지했다.

대담한 성격 탓도 있지만…….

이 전장에는 그녀가 있다는 사실. 그 이유가 가장 컸다.

"속도에는 속도로 대항해야겠지~ 그렇게 됐으니…… 잘 부탁해."

살짝 미소를 떠올린 베다.

그 순간이었다.

제멋대로 기체 위를 달리던 황금 짐승들이 동시에 절단되어 그 모두가 목숨을 잃었다.

무슨 일이 일어났는가. 현대인은 물론 고대인이라도 이해한 사람은 적을 것이다.

그러나 사천왕 중 한 명인 베다에게 이 사태는 딱히 신경 쓸 일도 아니었다.

"와, 역시. 역시."

그렇게 중얼거린 그녀의 시선 끝에는.

지금 막 일을 마치고 다른 곳으로 달려가는 집단의 모습이 있었다.

"여전히 멋지네! 올리비아!"

그 집단은 어딘가 이상한 분위기였다.

검었다.

온몸을 모조리 검은색으로 뒤덮었다.

어둠을 그대로 뭉친 듯했고 기동성을 추구한 복장과 입가에는 마찬가지로 칠흑의 천으로 가리고 있었다. 철저하게 검은 탓에 그 집단을…….

사람들은 이렇게 부른다, 《참마중(斬魔衆)》이라고.

구성원의 대부분은 수인족으로 우두머리인 그녀의 가르침을 받은 검객 집단이다.

그들은 마치 칠흑의 바람처럼 질주해 스치는 마물 집단을 신속의 검술로 베었다.

그 선두에 선 것은 사천왕 중 한 명.

《사상 최강의 참마사》, 올리비아 벨 바인이다.

그녀 또한 다른 사람들과 같은 복장이었다.

그러나 그 온몸에서 나오는 풍격과 위압감은 수준이 달랐다.

들고 있는 무기는 마검 엘미나쥬. 그 이름은 초고대 언어로 베는 것이라는 뜻이다.

검은 칼날은 그녀의 신장을 뛰어넘을 정도로 길었고 강하게 부딪히면 간단히 부러질 것처럼 얇았다. 마치 그녀 자신을 나타낸 것 같은 칼이었다.

동생이라 할 수 있는 바르바토스가 만든 그 마검은 삼라만상을 양단한다.

　거기에 올리비아의 검술과 수인족 특유의 기술, 마력 소비를 동반하지 않는 신체 기능 강화가 더해져 그녀는 정말이지 귀신과 같았다.

　"……벚꽃의 진."

　조용히 속삭인 명령을 받고서 집단이 신속하게 움직였다.

　일제히 사방팔방으로 흩어져 파문처럼 퍼지며 마물들을 베었다.

　일정 범위까지 퍼지자 우두머리인 올리비아에게로 돌아와 질주를 속행.

　그 연계는 전군 중에 가장 우수했다.

　모두가 하나가 되어 사냥하는 모습은 마치 늑대 무리와 같았다.

　그 반면.

　"하하하하하! 가라아아아아아아아아아아!"

　그들은 올리비아 군과는 정반대였다.

　즐거운 목소리와 함께 바로 옆에서 공격 마법이 발사됐다.

　두꺼운 보라색 전기가 일직선으로 달려 많은 마물들이 재가 되었다.

　"푸하하하하! 이번 내기는 너의 패배다!"

　"에잇, 제길! 조금만 더 하면 됐는데!"

　지옥과 같은 전장과는 어울리지 않게 놀이를 즐기는 어린아이와 같은 웃음소리.

그쪽을 보니.

"어쩔 수 없지! 벌칙 다녀온다!"

병사 한 명이 동료들에게서 떨어져 홀로 마물들 사이로 돌진하고는.

"크하하하하하! 인간 폭탄이다!"

큰 소리로 웃으며.

마법의 힘으로 자신의 육체를 내부에서 터뜨렸다.

막대한 고열이 퍼지며 수많은 마물들을 휩쓸었다.

그런 모습에 자폭한 병사의 동료들은 배를 잡고 웃었다.

"……유유상종이라더니. 정신 나간 것들."

전장에 굴러다니는 것은 무엇일까?

누군가는 비극이라 답할 것이다.

누군가는 공포와 고통이라고 답할 것이다.

어쨌든 부정적인 의미를 지닌 말이 나올 것은 분명하다.

그러나.

그들에게 전장이란 그런 비관적인 현장이 아니었다.

알버트 에그젝스가 이끄는 군대에 전장이란. 그리고 전쟁이란.

최고의 놀이터였다.

"좋아, 다음은 참수 게임이다!"

"뭐? 널 상대로 그건 싫어. 분명 네가 이길 거잖아."

주위의 노성과 굉음, 비참하기 짝이 없는 광경 속에서 그들만

이 즐겁게 웃었다.

진형, 없음.

전술, 없음.

연계, 없음.

목적…… 즐거우면 뭐든 상관없음.

알버트의 군대는 이번에도 멋대로 흩어져 멋대로 싸우고서는.

멋대로 죽어갔다.

다들 껄껄 즐겁게 웃으며.

그런 모습을 알버트 에그젝스는 하늘에 떠올라 바라보았다.

"아아, 내 동포들이여. 즐거워 보이니 다행이군. 하지만……
나는 그런 귀군들이 부러워 참을 수가 없도다. 설마 이렇게까지
지루할 줄은 몰랐다."

그도 아까까지는 사자분신처럼 활약했다. 그 활약은 만의 군
대보다 뛰어났을 것이다. 그러나 어떤 순간을 경계로 그는 움직
임을 멈추고 전투를 내팽개치고 하늘로 떠올랐다.

이유는 하나.

질렸기 때문이다.

마물을 상대하는 싸움에 질리고 말았다.

"역시 가축 정도로는 뜨거워지지 않는군. 전쟁이란 궁극의 대
화이니 거기에 두 사람의 사랑이 없으면 안 되는 법. 그러나 저
런 마물 상대로는 사랑을 키울 수 없으니…… 아아, 이것은 마
치 허무한 자위행위가 아닌가."

연극을 하는 듯한 말투로 거창하게 탄식하고는.

알버트는 비룡으로 가득한 천공을 바라보며 소리쳤다.

"그러나 이 알버트! 재밌지 않은 것을 재밌게 한다는 것이 신조! 그러니 지나치게 지루한 지금 상황에 자극을 부여해! 그럴싸한 즐거운 것으로 바꾸어 보겠노라!"

그 중성적인 미모에 광적인 미소를 떠올리고서 두 팔을 크게 벌렸다.

그리고.

"《《나, 혼돈 속에서 태어나》》《《원망과 함께 살고》》《《말기에 허무를 품는 자이니》》"

그의 주위로 복수의 기하학 문양이 나타났다가 사라지고, 다시 나타났다가 사라지더니.

그때마다 술식 하나가 완성에 가까워졌다.

"《《내 생애에 의미는 없고》》《《이룬 것 하나 없는 말로에 이르니》》《《그러니 나는 적어도》》"

여기까지 영창이 이어진 순간.

전장의 모든 존재가, 인간과 마물도 상관없이 하늘을 올려다보았다.

알버트라는 괴물에게 시선이 집중됐다.

그 순간.

전장에서 투지가 사라졌다. 적과 아군을 불문하고 기묘하게 단결했다.

모두의 의지가 하나가 된 것이다.

다시 말해…….

저 괴물을 막아야 한다.

서둘러 막지 않으면 큰일이 벌어진다.

그러나 그런 위기감을 품은 그들을 아랑곳하지 않고 최강이자 최광(最狂)의 전사 알버트는 영창을———.

《열려라, 지옥문》

속행할 때였다.

어디선가 목소리가 날아온 그 순간.

알버트의 주위로 복수의 흑점이 나타났다.

순간.

"흐아! 제법이잖아!"

정신 나간 미소를 더욱 깊이 떠올리고서는 영창을 중단하고 곧장 그 자리를 떠났다.

다음 순간 흑점에서 거대한 흡인력이 발생해 하늘을 오가는 비룡들이 순식간에 빨려 들어갔다. 만약 조금이라도 도망치는 타이밍이 늦었더라면 알버트도 같은 운명을 맞이했을 것이다.

"크크크크……! 역시 귀공의 애정 표현은 과격해서 멋집니다, 나의 주군이시여."

알버트는 시선을 돌려 아득히 먼 곳을 바라보며 사랑스러운 듯이 속삭였다.

"……칫, 피했나."

전장에서 아득히 먼 후방.

본진 한복판에서 긴 의자에 앉은 바르바토스가 혀를 찼다.

절세의 미모에는 깊은 고뇌가 새겨져 있어 얼핏 보아도 불쾌한 표정이었다.

그 원인은 어느 바보, 변태, 전투광.

방금 상황도 확인하지 않고 위험한 수단을 꺼내려 한 어리석은 알버트였다.

"저 빌어먹을 놈. 역시 폭주했군. 이래서 싫다니까, 저 녀석을 전열에 세우는 건……! 아, 제길, 위가 아프군……!"

아름다운 미간에 주름을 새기며 다리를 흔들었다.

그런 모습도 어딘가 그림이 될 정도로 바르바토스라는 인간은 아름다웠다.

그런 아름다운 왕을 모시는 측근 한 명, 장미의 기사 리베르그는 쓴웃음을 지었다.

"하지만 주군이시여. 알버트 님과 그 세력이 없었다면 전선을 유지하기 어려웠을 겁니다."

"그래. 그 말이 맞지. 그 녀석들의 역량만큼은 우리 군에서도 최강이니까. ……정말이지. 어째서 하늘은 저런 머리가 이상한 놈들에게 힘을 주셨는지……."

크게 한숨을 내쉬었다.

그렇게 바르바토스는 마음을 가다듬고서.

"……리베르그, 전황을 어떻게 보지?"

"네. 팽팽한 상황인 것 같습니다."

"다시 말해 최악이라는 거로군."

대답은 돌아오지 않았다. 그것이 무엇보다 확실한 대답이었다.

"마물의 수 자체는 문제가 안 된다. 하지만 성가시게도……아무리 줄여도 끝이 없군. 정말 무한의 군대인가."

아무리 없애도 그때마다 새로운 마물이 발생해 수가 줄지를 않았다.

그것이 어떠한 술수를 쓴 것인지 바르바토스조차 이해할 수 없었다.

"하루 만에 끝낸다고 예고했지만 어떻게 될지."

"……뭔가 성으로 이어지는 비밀 입구라도 있으면 좋겠습니다만."

측근이 한 말에 바르바토스는 쓴웃음 지었다.

"있더라도 우리는 찾을 수 없을 거다. 이름대로 비밀의 출입구니 말이야."

어쨌든 상황은 좋지 않았다.

이대로는 아무리 시간이 흘러도 적의 성에 접근할 수도 없을 것이다.

이런 상황을 타개할 수 있는 사람이 있다면 역시…….

"우랴아아아아아아아아아아!"

머릿속에 어떤 여자를 떠올린 순간, 당사자의 외침이 멀리서 이곳까지 울렸다.

"여, 여전히 엄청난 성량이군요."

"……흥."

턱을 괴며 코웃음을 쳤다. 겉으로는 불쾌하다는 표정이지만.

그 내면으로는━━.

'부탁한다, 리디아.'

친구의 용맹한 모습과 활약을 기대하며 아름다운 왕은 남몰래 미소를 흘렸다.

《용사》 리디아가 이끄는 군대는 얼핏 제각각 움직이는 것처럼 보였다.

규율도 없고 형식도 갖춰지지도 않은 초보자와 같은 움직임.

그러나 그것은 희대의 천재 군사이자 《최현의 용사》라 불린 소녀가 만든 고도의 용병술이었다.

그 중심인 리디아가 대장이고 실피가 부대장을 맡은 유격 부대는 누구보다도 격렬한 활약을 보여주었다.

리디아가 성검 발트 가리규라스를 휘두르면 한 번에 수많은 마물이 절단됐다. 이에 질세라 실피도 마법과 검술로 계속해서 적을 처리했다.

그런 분투 속에서.

실피는 입술을 삐죽 내밀며 외쳤다.

"에잇, 정말! 힘들어! 그 녀석이 있으면 조금은 편했을 텐데!"

그 녀석이란 이곳에 없는 그를 뜻하는 것이리라.

아드 메테오르라는 이름의 소년을.

……이 시대의 실피는 그와 그렇게 오랜 시간을 보내지 않았다.

원래 시대의 그녀와 다르게 특별한 감정은 없었다.

그러나 이 시대의 실피도 아드의 실력은 인정했다.

그렇기에 그가 이곳에 없다는 사실이 화가 났다.

"진군 중에 어딜 가다니! 정말! 말도 안 돼! 설마 겁을 먹은 건 아니겠지?!"

마물을 베며 소리치는 실피.

그와 나란히 전과를 겨루고 싶었는데. 어쩐지 무척이나 화가 난다.

그런 그녀에게 리디아가 쓴웃음을 지었다.

"뭐, 그 녀석도 할 일이 있겠지. ……그런 것보다."

그렇게 말한 그녀의 눈동자가 날카로워졌다.

"……아무래도 움직임이 이상한데."

아마도 그녀만 알 수 있는 말을 속삭이고서.

그 자리에서 동쪽을 본 뒤 이번에도 그녀만 이해할 수 있는 말을 꺼냈다.

"역시 이렇게 되는군."

◇ ◇

아라리아 평야 서부, 멸망의 대지.

그 이름은 현지의 모습과 특수성 그리고 역사에 기인한다.

이곳 일대는 고대보다 더욱 이전, 초고대라 불린 시절의 거대한 전쟁의 무대가 된 곳이다.

한쪽은 초고대 세계를 지배하던 의문의 존재, 《옛 신》.

한쪽은…… 마찬가지로 의문이 많은 초월자, 《바깥 자들》.
_{아우터 원}

두 세력의 격렬한 전투는 이 토지에 막대한 영향을 주었다.

어떠한 원리였는지는 알 수 없지만 이 토지에는 가벼운 저주가 떠돌아 평범한 생물은 발을 들이는 것만으로도 죽음에 이른다.

나처럼 마법 저항력이 높은 사람이라면 딱히 아무렇지도 않지만…….

이 멸망의 대지는 마치 세계의 모든 것을 증오하듯 모든 존재를 거절했다.

따라서 이 땅에 있는 것은 멸망의 광경뿐.

즉…… 지평선 저편까지 이어지는 적막한 황야였다.

정말이지 살풍경을 그림으로 그린 것 같은 곳.

나는 또 다른 나와 재회했다.

디재스터 로그.

그 녀석은 여전히 온몸을 암흑 갑옷을 두르고 있어 그 표정을 알 수 없었다.

멀리 떨어진 곳의 상황을 생각하며 초조해하고 있을까.

아니면 어떤 대책을 마련해 자신만만해 하고 있을까.

어쨌든.

나와 그가 할 일은 한 가지.

"······대답을 들려주실까."

깊이 울리는 목소리였다.

그 질문에 심호흡을 한 번 한 뒤.

"나는······."

며칠 기다리게 했던 대답을.

끌어낸 결론을.

확실히 입에 담았다.

"나는 리디아를 구하지 않겠어."

제52화 전직 《마왕》님 VS 현직 《마왕》

잠시 적막이 흘렀다.

피부가 얼얼할 정도의 긴장감.

그것은 마주한 남자…….

또 다른 나, 디재스터 로그가 내는 압력 때문이었다.

"……어째서 그런 결론을 냈지?"

뾰족한 투구 너머로 날카로운 기백이 날아들었다.

거부는 용서하지 않겠다는 투의 목소리에 나는 주먹을 쥐었다.

"그 녀석이 그것을 바라지 않았어. 나는…… 나는 그 녀석의 바람을 알았다. 《용사》라는 칭호를 짊어지고…… 마지막에는 자신의 죄를 청산하며 죽고 싶다고. 리디아는 그렇게 말했지."

"……그 바람을 이루어주고 싶다고. 네놈은 정말로 그렇게 생각하나?"

나는 아무 말도 하지 않았다.

그저 말없이 상대를 노려볼 수밖에 없었다.

그리고.

흐린 하늘 아래 적막함 속에서 로그의 침착한 목소리가 울렸다.

"……좋다. 그럼 시작해볼까. 한심한 익살극을."

그때.

나는 투쟁의 개막을 예감하고.

곧바로 옆으로 뛰었다.

그러자 방금까지 서 있던 곳에서 빛나는 기둥이 하늘로 뻗었다.

만약 흐린 하늘을 꿰뚫은 그것을 맞았더라면 위험했을지도 모른다.

하지만.

"아직은 실력 파악이라는 건가."

작게 중얼거리며 나는 방금 공격의 보답을 보냈다.

로그의 머리 위에 마법진 일곱 개가 나타나 잠시 후 그곳에서 천둥이 쳤다.

《7중 영창》의 원격 발동.

현대 《마도사》가 볼 때는 믿을 수 없는 기술이겠지만…….

이 적에게는 전혀 놀랍지 않을 것이다.

저 녀석은 나니까.

하늘에서 쏟아지는 번개들. 평범한 사람이라면 이 공격으로 끝났겠지만.

"……마치 어린아이 장난이로군."

상대에게는 통하지 않았다.

로그는 그곳에서 한 발자국도 움직이지 않고서 내 공격을 막았다.

막대한 전격이 온몸을 덮쳤지만.

그 전부가 칠흑 갑옷에 막혀 사라졌다.

"······좋은 마장구로군."

"흥. 네놈의 칭찬 따윈 듣고 싶지 않다."

대답과 동시에 반격이 날아왔다.

내 주위를 감싸듯 마법진이 나타나 작열의 업화가 뿜어졌다.

도약해서 회피.

그렇게 도망친 것도 잠시, 공중에서 기다렸다는 것처럼 마법진이 출현했다.

정면에 떠오른 마법진에서 황금색 분류가 쏟아졌다.

이것도 현대는 물론 고대의 전사라 해도 평범한 사람이라면 끝이 났을 공격일 것이다.

그러나 내게는 통하지 않는다.

"······시시한 기술이군."

한 손을 내밀어 방벽을 전개. 완전히 무력화한다..

착지 후에도 로그는 무척이나 수많은 마법으로 다양한 공격을 보여주었다.

그 자리에서 움직이지 않고 계속 공격하는 적에게 나는 그 주위를 맴도는 형태로 회피와 방어에 전념했다.

이따금 반격해 봤지만 역시 저 갑옷에 막혀 아무런 효과도 없었다.

하지만.

"이건 어떨까?"

적의 공격을 방벽으로 무력화한 직후.

나는 아까부터 준비한 술식에 마력을 흘려보냈다.

그 순간.

로그를 둘러싸듯 원형 마법진이 생성됐다.

그리고 곧바로 그 독특한 형태의 진에서 막이 펼쳐지더니——.

타원형이 된 막이 로그를 감싸는 것과 동시에 그는 지면에 한쪽 무릎을 꿇었다.

"크……으……!"

로그의 입에서 신음이 나왔다.

다른 이들은 저 막 안에서 무슨 일이 일어났는지 이해할 수 없을 것이다.

로그도 이 방법은 예상 밖이었을 것이 분명하다.

누가 뭐래도 이것은 지금 여기서 만든 즉흥 마법이니까.

저것은 결계 마법의 응용으로 내부에 갇힌 사람에게 엄청난 압력을 가한다.

어지간한 존재라면 순식간에 압축되겠지만.

역시 이 적은 그리 간단히 당하지 않았다.

하지만.

"흠, 으, 오……!"

갑옷에 금이 갔다.

제일 먼저 부서진 것은 투구였다.

로그의 흉터 난 얼굴이 드러나며 흘린 땀이 압력으로 사방에 흩어졌다.

간단히 쓰러지지는 않는다. 하지만 시간문제다.

그가 이대로 가만히 있으면 앞으로 20초 이내에 끝날 것이다.

……그러나 그것이 불가능하다는 것을 알고 있다.

그래서.

"이건…… 제법이었다……!"

순간 내 즉흥 마법이 갑자기 사라져도 전혀 놀랍지 않았다.

"……해석인가."

압력에서 해방되어 호흡을 가다듬는 로그에게 그렇게 중얼거렸다.

해석.

내 마법 특기이다.

룬 언어로 구성된 마법이라면 길어도 3초. 룬 이외의 마법이라면 일부의 예외를 제외하고 약 10초 정도면 술식의 전모를 파악할 수 있다.

그리고 그 내용을 바탕으로 상쇄 술식을 구성.

그렇게 논리상 모든 술식을 무효화할 수 있다.

이 해석과 대응의 힘을 발휘한 것이 바로 내 《고유 마법》이다.

로그는 그 힘을 전부 갖추고 있다.

누가 뭐래도 적은 나 자신이니까.

그렇다면 이 대결은…….

"아무리 발버둥 쳐도 끝나지 않는 건가."

그것을 어떻게 뒤집을 것인가. 무척이나 어려운 문제다.

지금까지 다양한 상황에 대응하기 위해 수많은 대비책을 만들었지만.

자신과 싸우는 상황이라면 어떻게 해야 할까.

이 주제만큼은 해결할 수 있을 것 같지 않았기에 일부러 방치했었다.

설마 그것이 이런 형태로 문제가 될 줄이야.

자, 그럼 어떻게 할까.

……그렇게 생각하기 시작할 때였다.

"후우. 역시 네놈은 적으로 삼지 말아야 했어. 이것도 자화자찬이 되겠지만…… 네놈 이상으로 무서운 적은 어디에도 없다."

로그는 그렇게 말하며 갑옷이 방해된다고 생각했는지 그것을 없애고서 일반적인 고대 의상으로 바꾸었다.

……어느 틈엔가 전투 의지가 사라졌다.

마치 모든 것이 끝난 듯한 행동에 당혹스러웠다.

그런 내게 로그는 약간의 미소를 떠올리고는.

"이렇게 될 것을 내가 예측하지 못했을 것 같나? 그렇다면 그건 큰 모욕이다. 자신을 알아라, 아드 메테오르. 네놈은 자신을 정확하게 평가하지 않고 있어."

영문을 알 수 없는 말을 한다. ……그렇다, 이 시점에서는 그가 하고자 하는 말을 전부 파악하지 못했다.

하지만.

"의아하지 않은가? 어째서 네놈을 부른 날과 이 시대의 내가 작전 행동에 나선 날이 똑같은지. ……결론부터 말하자면 이번 전쟁은 네놈을 동료로 끌어들이기 위해서였다. 아마 전쟁 자체는 패배하겠지. 하지만 이번에 빼앗은 토지에 집착은 없다. 네놈이라는 장기 말만 손에 넣으면 다른 것은 아무래도 좋다."

이 말을 들은 순간.

나는 막연히 그의 생각을 상상하고서…….

"설마 너……!"

초조함이 말에 담겨 드러났다.

로그는 승리를 확신했는지 깊은 미소를 떠올리며 어떤 마법을 발동했다.

그것은 망원 마법이었다.

우리의 머리 위에 거대한 거울이 나타나…….

"자, 네놈의 등을 밀어주마."

그 말에 반응이라도 하듯이 거울이 멀리 떨어진 곳에 전개되는 상황이 비쳤다.

그리고 그 내용은.

어두운, 아마도 지하실에서.

요사한 빛을 내며 공중에 떠오른 거대한 붉은 보석.

그 옆으로…… 매달린 두 소녀.

그것은 이리나와 지니의 참혹한 모습이었다.

제53화 전직《마왕》님의 친구, 함정에 빠지다

시간을 조금 거슬러 올라.

"중대한 알림이 있습니다."

갈색 피부 소녀 라티마가 한 말에 이리나와 지니는 의아한 표정을 했다.

"중대한."

"알림?"

"네. 두 분께선 곧바로 출격하셔야 합니다. 제가 안내해드리겠으니 따라와 주세요."

어째서?

그렇게 물어볼 틈도 주지 않고 라티마는 방에서 나갔다.

영문을 알 수 없었지만.

"우리도 뭔가 할 수 있는 일이 있다는 걸까요?"

지니의 속삭임에 이리나는 아무 말도 하지 않고서.

방에 놓여 있던 아드가 만든 마장구를 바라보았다.

장비를 전부 갖추고 저택 밖으로 나갔다.

거기에는 이미 전투용 경장으로 갈아입은 라티마가 기다리고 있었다.

"이동하며 상황을 설명하겠습니다."

역시 일방적인 말이었지만 이번에도 그 사실에 불만을 토로할 여우도 주지 않았다. 그녀는 말이 끝나자 바로 빠르게 뛰어갔다.

왕도의 중앙을 가로질러 문을 지나 밖으로.

그리고 도로를 나아갔다.

라티마의 주행 속도는 정말이지 상식 밖이었다.

소리보다 빠른 속도. 원래의 이리나와 지니였다면 절대로 따라갈 수 없는 속도였다. 그러나 지금 그녀들은 아드가 만든 마장구, 묵직하게 빛나는 다리 갑옷의 힘으로 라티마를 따라갈 수 있었다.

'아직 익숙하지 않네, 이 느낌……'

맹렬하고 어지러이 흘러가는 주위 광경.

자신의 다리가 이렇게나 빠르게 움직인다는 사실을 이해하기 어려웠다.

마장구에 의한 신체 능력 강화는 압도적인 힘을 가져다줌과 동시에.

부담과 분한 마음이 뒤섞여 무어라 말하기 어려운 불쾌감을 주었다.

'이런 건 치사하지.'

'아드에게서 받은 치사한 도구……'

'이런 거로 힘을 얻어도 아무런 의미가 없어.'

'나는 내 힘으로 아드와 나란히 서야 해……!'

도무지 기분이 풀리지 않았다.

자신답지 않지만 이 시대에 온 뒤로 이리나는 평소의 쾌활함을 잃었다.

"……그래서 미스 라티마. 이제 슬슬 이야기해주시면 안 될까요?"

옆에서 지니가 한 말에 이리나는 제정신이 들었다.

그렇다. 지금은 일종의 긴급 사태. 우울해할 때가 아니다.

"……중요한 알림이라니 대체 뭐야?"

그제야 라티마의 입에서 대답이 돌아왔다.

"우리의 출격은 아드 님께서 고안하신 작전 행동입니다."

"작전 행동?"

"네. 아드 님은 《마왕》의 불사 능력의 정체를 깨달으시고…… 먼저 제게 작전을 설명해주셨습니다. 그리고 아드 님께서 말씀하셨습니다. 마땅할 때에 당신들을 데리고 《마왕》이 점령한 성으로 가라고."

……아무래도 위화감이 드는 말이었다.

아드가 적의 비밀을 간파했다. 이 점에 대해서는 딱히 이상하지 않다. 그라면 그것도 당연할 것이다. 하지만 생각한 작전 행동을 자신들에게 제일 먼저 이야기하지 않고 라티마에게 전했다는 것은 어떻게 된 일일까?

이 의문을 그대로 물어보니.

"이번 작전은 비밀이 중요합니다. 아드 님께서는 사전에 두 분께 설명할 경우 자칫 아군에 숨어든 배신자에게 들킬 가능성이 있다고 생각하셨습니다. ……여러분은 중대한 작전을 맡게 될 것을 사전에 알고서 평소와 똑같이 행동하실 수 있으신가요?"

솔직히 자신이 없다. 이리나만이 아니라 지니도 마찬가지인 듯했다.

자신들의 행동과 태도의 미묘한 변화로 적에게 작전을 들켜서는 안 된다. 그래서 아드는 먼저 라티마에게 작전을 설명했다.

……이해가 되는 설명이지만 어째서인지 의문을 지울 수 없었다.

"무슨 말씀을 하고 싶은지는 알겠습니다. 하지만…… 묵묵히 마음을 다잡아주세요. 목적지가 바로 앞입니다. 이제 시간이 없습니다."

라티마가 말하자 이리나는 주위를 살폈다.

어느새 경관이 달라져 있었다.

평화로운 도로에서 울창하게 자란 수풀, 삼림 지대가 되어 있었다.

"……그러네. 그럼 작전을 자세히 알려줘."

급박한 상황에 이리나와 지니는 그렇게 판단할 수밖에 없었다.

그 옆에서 라티마는 담담하게 말을 이었다.

"우선 《마왕》의 불사 능력입니다. 아드 님께서는 이것을 영체

분리의 비술을 활용한 것으로 추측하셨습니다."

"영체 분리의 비술?"

"네. 영체 분리의 비술이란 특수 마법진을 활용한 의식 마법의 일종입니다. 자신의 영체를 육체에서 떨어뜨려 어울리는 매개체에 넣습니다. 그렇게 하는 것으로 의식을 받은 인간은 불사 능력을 지닙니다."

너무나도 황당무계한 이야기지만 그저 받아들일 수밖에 없었다.

"이 비술에는 결점이 두 가지 있습니다. 우선 첫 번째는 영체를 넣는 매개체와 발동자는 일정 거리를 유지해야 한다는 것. 지나치게 멀어지면 떨어졌던 영체가 발동자에게 돌아가 불사 능력을 잃습니다. 그래서 아드 님께서는…… 《마왕》이 자신의 손으로 땅을 점령했다면 그 땅에 영체를 옮기지 않았을까 생각하셨습니다."

"……그렇게 옮긴 곳이 성안이라는 거야?"

라티마는 살짝 고개를 끄덕였다.

"그러고 보니 폐하도 말씀하셨지. 성에 도달하면 이길 수 있다고."

아드와 바르바토스는 같은 결론에 도달했을 것이다.

그렇다면 신빙성도 높다. ……다만 의문인 것은.

어째서 성의 내부라는 알기 쉬운 곳에 옮겼을까, 인데.

이 점은 자신들 같은 미숙한 자에게는 알 수 없는 어떠한 기묘한 사정이 있을 것이다.

이리나는 억지로 스스로를 이해시키며 입을 열었다.

"비술이 지닌 두 번째 결점은 매개체를 망가뜨리면 위험하다는 거겠지?"

"네. 매개체가 망가지더라도 불사 능력이 사라집니다."

"……그걸 할 사람으로 우리가 뽑혔다고."

"그렇습니다. 아드 님은 성의 숨겨진 통로를 발견하셔서 그곳을 통해 비밀리에 내부로……."

"어째서 우리야? 그렇게 중요한 역할을 우리가……."

그것은 약한 마음이 가져온 강한 의문이었다.

자신들이 맡은 임무는 너무나도 중대하다. 과장이 아니라 이 전쟁의 행방을 좌우할 중요한 임무다.

'그런 일을 어째서 우리에게 맡겼을까?'

'더 성공할 확률이 높은 사람에게 맡기는 편이…….'

생각이 더해질 때마다 이리나의 표정과 마음이 어두워졌다.

바로 그때.

"당신답지 않네요, 미스 이리나. 당신은 이럴 때 오히려 기뻐할 거라고 생각했는데요."

지니가 말을 걸었다.

"설마 미스 이리나가 중요할 때 기가 죽는 사람이었다니. 아드 군이 알면 실망하겠죠. 흐흠. 아무래도 제가 이것저것 꾸미지 않아도 미스 이리나와 아드 군의 관계는 끝을 맞이……."

"바보 같은 소리 마!"

무의식중에 소리쳤다.

얼굴이 뜨겁다. 머리에 피가 올라 뺨이 상기된 것을 알 수 있었다.

그런 이리나에게 지니는 도발하듯이 미소를 떠올리며.

"그래요, 당신은 그런 태도가 제일 잘 어울려요, 미스 이리나. 지기 싫어하고 바보처럼 돌진하는 게 당신이잖아요. 생각이 많아 침울해하다니 당신답지 않은 것도 정도가 있죠. 당신은 이럴 때 아드에게 중요한 임무를 맡았어! 신난다~! 만세~! 하고 팔자 좋게 소리치면 된다고요."

무척이나 바보 취급당하는 것 같지만…….

반대로 그것이 기분 좋았다.

지니 덕분에 특유의 지기 싫어하는 성격이 자극되어 아까까지의 어두운 기분이 어디론가 날아갔다.

"흥! 아, 그래! 맞아! 정말이지 나답지 않았어!"

하겠다. 의문이나 약한 감정은 저편으로 내던지고 이것저것 따지지 말고 앞으로 돌진, 계속해서 내달려 주겠다.

지니 덕분에 그런 기분이 들었다.

……그렇다고 솔직하게 고맙다는 말은 하지 않을 테지만.

"이야기 끝나셨나요?……일단 설명해드리지만 저희가 실행자로 선택된 것은 의외성이 높다고 판단하셨기 때문입니다. 우리는 어떤 의미로는 상관없는 사람. 외부인. 적도 그렇게 생각하기에 우리의 존재는."

그렇게 라티마의 설명이 이어지던 도중에.

날카롭게 바람을 가르는 소리가 귀에 들어왔다.

그것이 풍 속성 마법 공격이라는 것을 이해했을 무렵에는 이미 늦었다.

"큭……!"

표적이 된 것은 제일 앞에 있던 라티마였다.

발목을 베여 땅 위로 쓰러졌다.

깊은 상처에서 피가 흐르며 그녀의 갈식 피부를 붉게 물들였다.

"라티마?! 괜찮……."

"그냥 가세요! 적은 제가 막겠습니다! 이대로 똑바로 나아가면 성과 연결되는 숨겨진 통로가 있어요!"

처음 보는 필사적인 모습에 압도되어 이리나와 지니는 말문이 막혔다.

"가만히 계시지 마세요! 빨리 가세요!"

그 말을 들은 두 사람은 대답할 수밖에 없었다.

"죽으면 안 돼!"

"곧바로 따라와 주세요!"

라티마 혼자 남겨두는 것은 괴롭지만…… 이것은 실패해선 안 되는 중요한 일이다.

이리나와 지니는 그것을 이해하고 있기에 앞으로 나아갈 수밖에 없었다.

뒤에서 울리는 굉음에 마음을 아파하면서도 다리를 멈추지 않았다.

라티마가 무사하기를 기도하며 이리나는 지니와 함께 달렸다.

그 끝에.

"여기가 비밀 통로……?"

겉보기는 동굴과 같았다.

크게 뚫린 어두운 구멍은 어딘가 불길해 보여서…… 위험을 느낄 수밖에 없었다.

하지만.

"어머머? 겁먹었나요? 미스 이리나."

이 파트너가 그렇게 말하면 가만히 있을 수는 없다.

흥, 코웃음을 치며 가슴을 펴고 앞으로 나아가 동굴로 들어갔다.

마법으로 광원을 확보한다. 눈앞에 떠오른 빛 구슬이 구멍 안을 밝게 비췄다.

울퉁불퉁한 길에 이따금 다리가 걸리면서 천천히 진행하자, 자연스럽게 생긴 동굴로 보이던 주변 광경이 점차 인공적인 느낌으로 바뀌었다.

어느새 두 사람은 돌로 만들어진 통로를 걷고 있었다.

"여기는 성의 지하일까?"

"아마 그런 것 같네요."

즉 이곳은 적진의 한복판이라는 뜻이다.

"방심하면 안 되겠네."

"너, 정말로……!"

두 사람 모두 표정에 강한 긴장감을 비치며 무기를 꽉 쥐었다.

이리나는 붉은 창. 지니는 파란 세검.

전부 아드가 만든 마장구이자 두 사람에게 큰 공격력을 주는 것이다.

그 효력을 듣긴 했지만 실제로 사용한 적은 없었다.

그래서 이것이 정말로 자신들을 지켜줄 방패와 창이 될지 약간 불안했다.

'……괜찮아. 아드가 만들었으니까. 분명 괜찮을 거야.'

자신을 타이르며 방심하지 않고 주위를 노려보며 앞으로 나아갔다.

두 사람의 긴장과 불안에 비해 상황은 아직 평온했다.

그리고.

성의 지하로 보이는 곳을 걷던 끝에 두 사람은 넓은 장소에 도착했다.

무척이나 넓은 그 공간에는 굵은 기둥이 잔뜩 서 있었고.

자연스럽게 두 사람은 중앙에 놓인 그것으로 시선이 모였다.

"저, 저건."

이리나가 가리킨 곳에는 공중에 뜬 거대한 보석이 있었다. 붉은 보석은 맥이 뛰듯이 끊임없이 깜박이며 요사한 빛으로 주위를 밝혔다.

분명하다. 저것이다. 저것이 이번 목표인 매개체다.

"좋아……! 시작하자, 지니!"

"네!"

서로 무기를 들고서 그 성능으로 대상을 파괴…….

하려고 할 때였다.

"……멈추세요."

들어본 적 있는 목소리. 그러나 전혀 생소한 말투가 울린 순간.

두 사람의 발밑으로 마법진이 발생했다. 놀랄 틈도 없이 상황이 돌변했다.

회피하려 했지만 이미 늦었다.

발동한 마법은 두 사람을 구속하기 위한 것이었다.

유동하는 액체 형태의 강철이 두 사람의 몸을 휘감아 고정했다.

그 모습은 마치 십자가에 매달린 가련한 사형수와 같았다.

"큭……! 이게……!"

신체 기능 강화 마법으로 어떻게든 탈출을…… 하려 했지만.

마법이 발동하지 않았다.

"어, 어째서?!"

그렇게 소리치자 목소리가 들렸다.

"그 구속 마법에는 마력을 봉인하는 효과가 있습니다. 그래서 붙잡힌 사람은 마법을 쓸 수 없게 됩니다."

그건 소녀의 목소리였다.

그것도 아까까지 들었던 소녀의 목소리였다.

"왜……?!"

새로운 의문이 이리나의 입에서 나온 순간.

또각또각 발소리가 울리며…… 그 소녀가 두 사람의 눈앞에 나타났다.

갈색 미모에 무뚝뚝한 표정을 한 그녀의 이름은.

"이게 대체 어떻게 된 거야……?! 라티마!"

제54화 전직 《마왕》님과 친구들의 위기

　망원 마법…… 마치 거울과 같은 마법이 보여주는 친구들의 위기.

　그 상황을 본 나는 놀랄 수밖에 없었다.

　한편 지금 상황을 만든 또 다른 나, 디재스터 로그는.

　"그리운 얼굴이군. 이제 두 번 다시 볼 수 없다고 생각했다만…… 설마 이런 식으로 재회할 줄이야……."

　흉터가 새겨진 얼굴에 슬픔이 깃들었다.

　그러나 그것도 잠시.

　이쪽을 돌아본 로그의 얼굴에는 승자의 여유만이 감돌았다.

　"한심한 말이지만 굳이 하지. 인질의 목숨이 아깝다면 내 밑으로 들어와라."

　"……싫다고 답하면 두 사람은 어떻게 되지?"

　"어떻게도 되지 않아. 말했지? 이건 촌극에 불과해. 그리고…… 네놈의 등을 떠밀어 준다고도 했지. 지금 상황이 바로 그거다. ……내가 하고 싶은 말은 이미 충분히 이해했겠지? 어찌 됐든 우리는 동일 인물이니까."

　그렇다.

로그는 이리나와 지니를 인질로 잡았지만…… 그녀들에게 위해를 가할 생각은 없다. 그도 두 사람에게 큰 정을 품고 있다. 목적을 위해서라면…… 그런 생각을 할 수 없을 정도로 로그는 두 사람에게 깊은 감정을 품고 있다.

그렇기에 그가 말한 것처럼 이건 단순한 촌극이다.

디재스터 로그는 내게 변명을 주려는 것이다.

소중한 사람을 인질로 잡혔다. 그래서 따를 수밖에 없다.

……정말이지 감미로운 유혹이다.

분명 로그는 이렇게 될 것을 예측했을 것이다.

리디아와 만나는 것으로 그녀의 바람을 알고 자신의 속죄보다 그녀의 마음을 존중한다.

……사실은 그러고 싶지 않다.

그런 망설임조차 로그는 알고 있었음이 분명하다.

실제로.

"네놈의 생각은 알고 있다. 그리고…… 리디아의 생각도 말이다. 그 녀석이 비참한 결말을 바란다는 것도 어렴풋이 알고 있었지. 그 녀석은 죽을 때 원통함이나 후회가 아니라 분명 만족했을 거다. 만족스러운 최후였겠지. 하지만……."

로그는 더할 나위 없는 슬픔을 떠올리며 주먹을 굳게 쥐었다.

"우리의 마음은 어떻지? 친구를 자신의 손으로 죽였다. 그렇게 되도록 자신의 손으로 재촉하고 말았다. 그 죄를 영원히 짊어지는 것은…… 너무나도 괴롭지 않은가. 애초에 리디아가 비참한 결말을 바란다 해도 누가 그것을 이루어주고 싶다는 거지? 아무도 그렇게 생각하지 않아. 그녀가 행복하길 바라는 것이 당연하지 않은가."

로그가 말하는 것은 그의 본심이자…….

나의 본심이기도 하다.

"설령 리디아의 생각에 반한데라도 나는 그 녀석이 살았으면 한다. 살아만 있다면…… 생각이 달라질지도 모르지. 만약 변하지 않더라도, 그것이 이기심이라 해도, 나는 리디아에게 행복한 인생과 평온한 마지막을 주고 싶다."

이 이상 말하게 두어서는 안 된다. 이 이상 들어서는 안 된다.

이대로는 결심이 흔들린다. 마음이 바뀌고 만다.

그것을 이해하면서도…… 나는 움직이지 않았다.

또 다른 내가 말하는 감정 모두를 공감하고 말았으니까.

"리디아를 살리고 미래를 바꾸기 위해…… 나는 많은 목숨을 빼앗게 된다. 역사상 유례없는 커다란 죄를 저지르게 된다. 세계는 멸망 직전까지 내몰리겠지. 하지만 그것으로 리디아를 구할 수 있다면 쉬운 일이다. 이름도 모르고 아무런 관계없는 대중의 목숨에 어느 정도의 가치가 있지? ……나는 더 이상 사람들의 목숨에 어떠한 무게도 느끼지 못해. 처음에는 그들을 위해 일어섰다. 세상의 모든 사람을 구하기 위해 주먹을 쥐었다. 하지만…… 그런 나에게 사람들은 무엇을 했지? 무엇을 주었지? 《마왕》이라는 꺼림칙한 칭호로 나를 부르며 괴물처럼 두려워해…… 고독에 빠지게 했다."

또 다른 나는 막힘없이 이야기했다. 그 눈동자에 어떤 증오를 깃들인 채.

"리디아의 목숨과 인류의 미래. 그것을 저울질할 필요도 없다. ……네놈도 마음 깊은 곳에서는 그렇게 생각하겠지? 그렇다면 망설일 필요는 없다. 나와 함께 움직이면 된다. ……이렇게까지 말했는데도 망설인다면 또 다른 변명거리를 주지."

다시 로그는 거울에 비친 두 사람에게 시선을 보냈다.

"아까 말했던 것처럼 나는 그들을 해칠 생각은 없다. 그래, 나는 말이지. 하지만…… 이 시대의 내가 이끄는 군대가 성에 밀려들었을 때 두 사람이 어떻게 될지는 보증할 수 없다."

그 말은 그야말로 협박이었다.

어째서 성의 내부라는 알기 쉬운 장소에 자신의 영체를 봉인한 매개체를 놓았는가.

그리고 그런 중대한 곳에 일부러 이리나와 지니를 부른 이유는…….

전부 이것을 위해서일 것이다.

"이번 전쟁, 지금 상황으로 보아 비등하다 할 수 있지만 언젠가 균형이 무너질 것이다. 분명 이 시대의 내가 우세해지겠지. 그렇게 되면 필연적으로 다음 전장은 성곽 도시가 되어…… 거친 전사들이 성으로 밀려들 것이다. 물론 안과 밖을 신경 쓰지도 않겠지. 어쨌거나 영체를 봉인한 매개체를 파괴하는 것이 목적일 테니. 처음 공격으로 성을 무너뜨릴 수도 있겠지."

그렇게 된다면 성안에 있는 그녀들은……!

"다시 한번 알기 쉽게 말하마. 두 사람을 잃고 싶지 않다면 이쪽으로 와라."

감미로운 유혹에 나는 수긍해야 한다고 생각하고서.

승낙하는 뜻을.

말하기 직전의 일이다.

상황이 변한 것은———.

"어째서……! 어째서 네가?!"

이리나가 가련한 미모를 분노로 일그러뜨리며 외쳤다.

눈앞에 서서 태연히 이쪽을 바라보는 소녀, 라티마에게 말을 던졌다.

"……제 행동 이념은 단 한 가지. 리디아 님입니다. 그분을 위해서라면 무엇이든 할 거예요. 그분은 내 모든 것이니까. 그분이 행복해진다면…… 나는 지옥에 떨어져도 상관없어요."

오싹해지는 눈으로 이쪽을 노려본다.

그 무척이나 냉철한 눈동자가 이리나의 뜨거운 감정을 얼려버렸고.

대신 큰 당혹감을 가져왔다.

"리디아 님을 위해? 그게 무슨 뜻이야?"

"당신들이 알 필요는 없습니다. 결국 당신들은 도구에 불과하니까요. 아드 메테오르라는 장기 말을 이쪽에 유리하게 움직이기 위한 도구. 잠자코 이용당하세요.”

그녀의 표정은 여전히 무뚝뚝했지만.

그 깊은 곳에서는 자신들을 얕보는 것을 확실히 알 수 있었다.

이 라티마는 자신들을 한 수 아래로도 봐주지 않는다.

……분하다. 너무나도 분하다.

그러나 한탄해봤자 아무것도 달라지지 않는다.

자신들이 아드의 도움이 되기는커녕 그의 걸림돌인 짐짝이 된 상황은 아무리 발버둥 쳐도 달라지지 않는다.

자신은 이대로 라티마의 말대로 아무런 진실도 모른 채 걸림돌로서 사건에 연루될 수밖에 없는 것인가.

‘아니, 그렇지 않아.’

‘그때의 힘을 지금 꺼낸다면……!’

떠올린 것은 얼마 전의 일.

학교 축제에서 세뇌된 실피와 싸웠을 때의 기억이다.

자신과 그녀의 역량을 생각하면 제대로 겨뤄보지도 못했을 것이다. 그러나 신기하게도 힘이 계속해서 솟아나 이기기 직전까지 갔다.

그 힘을 다시 한번 꺼낸다면.

어쩌면 이 상황을 타개할 수 있을지도 모른다.

그래서 이리나는 원했다. 다시 한번 그 힘을…… 하고.

그러나 아무리 원해도 그때 상황을 재현하지 못한 채…… 시간만이 야속하게 흘렀다.

‘어째서……! 어째서 되지 않는 거야?!’

초조하게 자신을 향한 분노가 쌓였다.

그러나 아무리 해도 그때의 힘을 낼 수 없었다.

'……이게 내 한계일까.'

체념이 마음을 꺾으려 할 때였다.

"하아. 그렇군요. 미스 이리나. 저는 지금까지 당신처럼 선택받은 사람은 완벽하다고 생각했었는데, 그렇지도 않은 모양이네요. 저처럼 평범한 사람이라도 충분히 파고들 여지가 있어요. 그것을 알려주어 정말로 고마워요."

이리나의 옆에서.

마찬가지로 구속된 지니가 어째서인지 우쭐하며 미소 지었다.

"……무슨 말이죠?"

라티마가 의아한 얼굴로 물었다. 그러나 지니는 그것을 무시하고 이리나만을 바라본 채 말을 이었다.

"약한 정신력. 그것이 당신의 약점이에요, 미스 이리나. 예상하지 못한 상황에 맞닥뜨리면 곧바로 포기하고 말아요. 그건 분명 쓸데없이 강한 자신감이 원인이겠죠. 당신은 어딘가 자만하고 있어요. 자신은 뭐든지 할 수 있다. 그런 자신이 위험에 처할 일은 없다고. 그러니까 막상 위험해지면 머리가 굳어버리는 거예요. 뭐든지 포기하는 거죠."

하지만.

그렇게 말한 지니는 입술을 씩 비틀었다.

약한 사람이 갖는 이점을 당당하게 말했다.

"저는 특별하지 않아요. 그래서 당신과는 달리 무언가를 시작할 때는 우선 실패할 경우를 상상하죠. 그리고 제게는 자신감이 없어요. 그래서 미스 이리나. 당신과는 다르게 위험에 처했을 때의 동요가 적죠. 그렇게 되는 게 당연하잖아요. ……그런 마음가짐이 있기에 저는 이 상황을 해결할 수 있어요."

그렇게 단언한 지니에게 라티마만이 아니라 이리나조차 회의적인 뜻을 보냈다.

무슨 말이지? 이 상황을 어떻게 해결한다는 거지?

특히 라티마는 그렇게 굳게 생각한 듯하다.

"마법을 쓸 수 없는 마도사가 무슨……."

"네, 맞아요. 마법은 쓸 수 없어요. 다만…… 평범하지 않은 마법은 어떨까요?"

그 말에 라티마는 의아한 표정을 떠올렸지만.

이리나는 깨달았다.

마법이란 일반적으로 영창으로 술식으로 구성해 마력을 흘려보내는 것으로 발동하는 것.

그래서 마력이 봉인된 지금 마법을 발동하는 것은 불가능하다.

하지만…… 만약 마력이 필요하지 않은 마법 기술이 존재한다면?

많은 사람이 그런 기술은 없다고 답할 것이다.

하지만.

이리나와 지니는 다르다.

아드 메테오르의 친구이자 제자인 두 사람은 이렇게 답했다.

"《붕자 마법》^{스크립트 매직}……! 맞지?! 지니!"

"후후, 정답이에요."

쿡쿡 웃은 뒤.

지니는 구속된 손끝을 살짝 움직여 허공에 손가락을 움직였다.

그 순간.

알 수 없는 문양이 그녀의 눈앞에 나타나서는———.

작렬했다.

"이건 무슨……?!"

깜짝 놀라며 식은땀을 흘리는 라티마.

모르는 것도 당연하다. 이것은 아마 이리나와 지니 그리고 아드, 셋만이 아는 기술이니까.

《붕자 마법》. 그것은 과거에 괴롭힘을 당하던 지니에게 자신감을 심어주기 위해 아드가 전수한 기술이다.

허공에 룬 문자를 흘려 쓰는 것으로 간단한 술식을 구축. 보편적인 마법이 그 발동원으로 마력이 필요한 것에 비해 《붕자 마법》은 대기에 깃든 《마소》를 사용해 발동한다.

다시 말해 마력이 전혀 필요 없는 마법이다.

현대에서는 《마소》 농도 저하로 《붕자 마법》의 위력도 그다지 강하지 않았지만, 《마소》 농도가 무척이나 짙은 이 시대라면 이야기가 다르다.

지니가 사용한 기술, 《쇼트 플레어 봄》은 그 격렬한 위력으로 구속을 파괴. 자신들에게 쏟아진 초고열은 아드가 만든 가죽 갑옷이 전부 흡수했다.

이리나도 그렇게 했다.

자신을 구속한 마법 금속에 폭파의 여파를 날려 무사히 탈출했다.

먼저 구속에서 풀려난 지니와 마찬가지로 자신의 무기를 들고서.

"……어휴, 정말이지 너한테는 화가 나."

"칭찬으로 받아들일게요~ 아무것도 하지 못해 침울해하던 미스 이리나♪"

"흥! 역시 나는 네가 정말 싫어! 하지만…… 지금은 인정해줄게. 최악이지만 최고의 파트너라고."

두 사람은 나란히 적을 노려보았다.

라티마를, 노려보았다.

그 시선을 받은 그녀는 고개를 숙이며——.

"후우……."

가느다란 목소리를 내고는.

고개 든 얼굴에는 약간의 조소가 떠올라 있었다.

"예상 밖이긴 하지만 문제 될 건 없어요."

그것은 무슨 뜻일까.

물어보기도 전에 라티마가 담담히 이야기했다.

"당신들의 행동은 전부 소용없으니까요."

바로 그 순간.

공간을 가득 메우듯 수많은 마물들이 나타났다.

그것은 마치 소환 마법 같았지만, 마법진이 나타나지 않았으니 아마도 다른 기술일 것이다.

어쨌든 이리나와 지니는 처음으로 되돌아간 셈이다.

다시 위기를 맞이하고 말았다.

"불러들인 마물은 백이 넘어요. 당신들의 힘으로는 어떻게 할 수 없죠. 얌전히 구속되는 편이 아프지 않을 거예요."

정말이지 절망적이었다.

하지만.

"흥! 그게 어쨌다는 거야!"

이리나는 보란 듯이 의기양양하게 외쳤다.

나란히 선 파트너…… 지니에게 이 이상 약한 모습을 보여주고 싶지 않았으니까.

"백이든 2백이든! 우리한테는 안 돼!"

"뭐, 그렇죠. 이쪽을 정리한 다음엔 당신 차례예요, 미스 라티마. 각오하세요."

둘 다 사기는 충분하다.

이 절망적인 상황을 진심으로 어떻게든 할 생각이다.

진심으로 어떻게든 할 수 있다고 생각한다.

두 사람 모두 같은 마음이었다.

이리나와 지니. 평소 마음이 맞지 않은 물과 기름과 같은 관계지만.

지금은 진심으로 생각했다.

이 파트너가 함께라면 어떤 위기라도 넘어설 수 있다고.

"……그런가요. 그렇다면 제가 할 행동은 하나."

라티마의 얼굴에 냉혹한 기색이 깃들었다.

그리고 압도적으로 불리한 싸움이 지금 막 시작⋯⋯.

그 직전.

"하하! 재밌는 걸 하고 있네? 나도 좀 끼워줘."

들어본 적 있는 제삼자의 목소리가 울린 순간.

격렬한 열풍이 소용돌이쳤다.

굉음과 함께 바람이 이리나와 지니, 라티마의 피부를 때리고 머리카락을 나부끼게 했다.

거칠게 불어온 그 바람은.

침입자의 활약이 불러온 부산물.

그것을 깨달았을 때는 마불의 절반이 이미 절단된 뒤였다.

이리나와 지니가 그녀의 움직임을 본 것은 마지막 한 마리를 벤 순간뿐이었다.

"야, 전혀 별거 없잖아. 조금 더 괜찮은 놈을 데리고 오라고."

애검을 어깨에 올리며 당당하게 웃었다.

넘쳐흐르는 자신감과 용기로 가득한 얼굴.

그런 표정이 누구보다도 잘 어울리는 이 여자의 이름은——.

"리, 리디아 님⋯⋯?!"

"그래. 안심해라. 내가 왔으니까 말이야."

의젓한 자세. 압도적인 자부심.

거기서 나오는 어마어마한 아우라.

전설의 《용사》, 폭풍처럼 등장.

제55화 전직《마왕》님의 결의,《용사》의 선택 그리고…… 비애의《마왕》

미려한 은백색 머리카락.

여성으로서는 큰 신장과 체구.

너무나도 아름다운 절세의 미모.

그것들은 분명《용사》리디아를 가리키는 말이다.

"어, 어째서 리디아 님께서 여기에……?!"

눈이 휘둥그레진 이리나가 혼잣말처럼 물었다.

리디아는 입술을 씩 움직이며 그녀에게 시선을 보냈다.

"너희에게 선물한 머리 장식 말인데. 그거 사실 현재 정보 파악 마법을 부여한 마도구야. 그 녀석 덕분에 나는 끊임없이 너희의 상황을 파악했었지."

"그, 그렇군요……! 리디아 님은 이렇게 될 것을 예상하고서……!"

"……어?"

"어?"

적막.

잠시 침묵이 이어지고서.

지니가 의심스럽다는 표정으로 입을 열었다.

"설마 싶지만…… 우리를 스토킹하려고 이걸 줬지만 결과적으로 우리가 위험한 순간 구해주게 됐다……는 건 아니겠죠?"

"다, 다다다, 당연하잖아! 그, 그야, 너…… 나, 나나나, 나는 《용사》잖아?! 뭐랄까, 예감이 확 들어서 너희의 위험을 예지한 게 당연하잖아!"

방금까지 멋졌던 모습은 어디로 갔는지.

이리나와 지니는 동시에 한숨을 쉬었다.

긴장감이 빠진다.

이것도 《용사》가 안심감을 가져다준 덕분이라고 생각하자.

……그런 두 사람과는 달리.

"리디아, 님……! 어째서, 이런……!"

부들부들 온몸을 떠는 라티마.

그것은 공포 때문이 아닌 것 같았다.

이제부터 리디아에게 배신자로 처벌될 것을 두려워……하는 것은 아닌 것 같았다.

무언가를 잃으면 어쩌나 하는 초조함. 그녀의 표정에서는 그런 감정이 엿보였다.

"……라티마."

갈색 피부 소녀에게 말을 건 리디아.

자신을 배신한 부하에게 보내는 그녀의 시선은 분노가 아니었다.

오히려 자애 넘치는 어머니와 같은 표정이었다.

"포기하지 마."

정말로 짧은 한마디였다.

이리나와 지니는 무슨 의미인지 알 수 없었다.

그러나 라티마는 그 한마디로 모든 것을 이해한 듯했다.

"싫습니다……! 설령 리디아 님이라 해도……! 아니, 리디아 님이기에……! 그 말씀만큼은 들을 수 없습니다!"

라티마의 눈동자에 눈물이 축축하게 고였다.

그리고.

"이런 세계! 리디아 님을 위해서라면 없어져도 돼!"

다시 대량의 마물이 라티마를 수호하듯 나타났다.

그런 위압적인 광경에도 리디아는 전혀 두려워하지 않았다.

"……그래. 너나 그 녀석이 볼 때는 그렇겠지. 하지만."

그녀는 어딘가 슬픈 표정으로 단언했다.

"나도 이것만큼은 양보할 수 없어."

조용하지만 굳건한 음색. 그것이 그녀의 입에서 나온 뒤.

눈 깜짝할 사이, 몇 초도 안 되는 사이에 모든 것이 끝났다.

굉음과 열풍이 거칠게 몰아치는가 싶더니 모든 마물이 베어 쓰러졌고 그 소환자인 라티마도 옆으로 쓰러져갔다.

무엇을 했는지 이리나와 지니의 눈으로는 전혀 확인하지 못했다.

이것이 《용사》의 힘.

다시금 이리나와 지니는 경외했다.

그 시선 끝에서.

리디아는 쓰러지는 라티마의 가녀린 몸을 안고서.

"……바보 녀석."

입술에는 약간의 미소를. 눈동자에는 슬픔을 담으며.

리디아는 배신한 부하에게 그 말만을 보냈다.

"리디아, 님…… 저는……."

숨이 끊어진 듯 온몸에 힘이 빠진 라티마.

그녀의 몸을 정성스럽게 바닥에 눕힌 리디아는 숨을 한 번 내쉬고 중앙에 떠오른 그것을 보았다.

거대한 붉은 보석. 요사한 빛을 내며 계속해서 깜박이는 그 물체에 천천히 다가갔다.

"……정말이지 이놈 저놈 할 것 없이."

붉은 보석, 《마왕》의 영체를 봉인했다는 것을 앞에 둔 리디아는 탄식했다.

"기쁘지 않다고 하면 거짓말이겠지. 하지만…… 됐어. 그게 운명이라면. 어떤 것이라도 받아들일 거다. 누가 뭐래도 나는 《용사》니까."

훗, 미소를 흘렸다.

어째서일까. 이리나에게는 그 미소가 더할 나위 없이 슬퍼 보였다.

그리고 리디아는 계속해서 말을 이었다.

마치 이곳에 없는 누군가를 타이르듯이.

"누군가의 꿈과 희망을 지키고 모두가 웃으며 살아갈 수 있는 세계를 만들기 위해 싸운다. 그것이 《용사》야. 하지만 그 누군가에 《용사》는 포함되어선 안 돼. 아무리 숭고한 이상을 내세운다 해도 죄를 거듭 저지른 건 달라지지 않으니까."

리디아의 표정에는 강한 결의만이 있었다.

"이상을 이루기 위해 희생을 내선 안 돼. 많은 피를 흘려선 안 돼. 죽고 싶지 않다고 외치는 녀석도 죽여선 안 된다고. ……그 죄와 책임을 전부 짊어지고 마지막에 지옥에 떨어진다. 나는 그것도 《용사》의 임무라고 생각해."

그녀는 어깨에 짊어진 성검 발트 가리규라스를 들고서는.

"나는 너희의 친구이기 이전에…… 《용사》라고. 그러니까 나는 《용사》로 살고, 《용사》로 죽을 거다. 설령 누구든 이 신념을 굽힐 수는 없어."

그리고는.

"뒤만 보고 살지 말라고, 이…… 멍청한 자식아!"

리디아는 기백을 내뿜으며 아무런 주저도 없이 성검을 휘둘렀다.

발트 가리규라스의 칼날이 대상을 가르고…….

곧이어 그것이 산산이 부서졌다.

이것으로 《마왕》의 불사 능력은 사라진다.

이것으로 《마왕》은 토벌될지도 모른다.

그렇게 되면 분명 많은 사람의 목숨을 지킬 수 있을 것이다.

자신들도 원래 시대로 돌아가 다시 즐거운 일상을 보낼 수 있을 것이다.

하지만…….

이리나는 그 결과가 리디아의 목숨과 바꿔 얻은 것만 같아서.

자연스럽게 눈물이 떠올랐다.

◇ ◆ ◇

"어째서……! 어째서……! 어째서냐!"

외침이 대기를 뒤흔든 것과 동시에 망원 마법으로 생겨난 거울이 부서졌다.

"리디아……!"

그녀의 이름을 입에 담은 로그는 온몸을 떨었다.

그런 또 다른 자신에게 애도와 함께 말을 보냈다.

"이제 끝났다. 네놈의 생각은……."

"끝나지 않았다!"

거세게 부정한 로그는 나를 노려보았다.

"아직 불사 능력을 빼앗겼을 뿐이다! 그것도 다시 의식을 치르면 되찾을 수 있는 것에 불과해! 이번 전투는 지겠지! 하지만 그것은 이미 반영했다! 따라서 아무것도 끝나지 않았어! 네놈만 이리로 왔더라면! 이번 일은……."

"내가 어떤 대답을 할지. 네놈은 이미 알고 있었지?"

상대의 말을 가로막듯 던졌다.

"내 분신이여. 네놈은 정말로 리디아를 구하고 싶다고 생각하나?"

"……뭐야?"

나를 노려보는 눈에 강한 분노가 깃들었다.

그러나 나는 입을 멈추지 않았다. 반드시 이것만큼은 말해두어야 한다고 전부터 생각했으니까.

"네놈은…… 그저 도망치고 싶었을 뿐인 게 아닌가? 리디아를 죽였다. 그렇게 내몰리고 말았다. 그 죄악감에서 도망치고 싶었을 뿐이 아닌가? 그녀를 구하고 싶다지만 사실은……."

이후에 입에 담을 말은 나에게도 뼈저릴 것이다.

분명 그것은 격렬한 통증이 될 것이다.

하지만.

이 문제에서 눈을 돌려선 안 될 것 같았다.

"네놈은 자신을 구하고 싶었을 뿐인 게 아닌가? 자신을 용서하며 편안히 죽는다. 그러기 위해 리디아를 이용한 것이 아닌가? ……결국 나와 네놈은 제멋대로라서…… 다른 사람은 생각하지 않았어."

그렇다.

인정하고 싶지 않지만 그럴 것이다.

나는 언제든 제멋대로였다.

인간을 위해 일어선 것도 결국…… 누군가에게 사랑받고 싶었기 때문이다.

누구에게도 사랑받지 못한 채 자란 남자의 일그러진 감정이 행동이 되었을 뿐이다.

그것을 알고 있기에.

이번에는. 이번만큼은.

"태어나서 처음, 정말로 누군가를 위해 움직이지 않겠나.

……리디아의 마음을 지키기 위해 우리는……."

"시끄럽다아아아아아아아아아아아아아아아!"

고막이 찢어질 듯한 엄청난 노성이었다.

로그는 사납게 이를 갈며 죽일 듯이 노려보고서,

"그래, 맞다! 그렇고말고! 나는 자신을 구하고 싶다! 구원받고 싶다! 사실 그렇게 생각한다! 하지만! 리디아를 향한 마음마저 부정할 수는 없다!"

뒤이어 녀석의 온몸에서 뿜어진 것은…….

비할 바 없는 살의였다.

"여기까지다……! 이제 네놈의 손을 잡을 생각은 사라졌다! 무엇보다도 증오스러운 숙적처럼 없애주마!"

그렇게 소리치는 모습은 마치 어린아이 같았다.

자신의 잘못을 지적당해 자각하고서 분노를 드러낸다.

그런 한심한 어린아이처럼.

너무나도 보기 힘들었다.

그것이 자신의 모습이니 더욱이.

나는 녀석과 마찬가지로 눈앞에 선 또 다른 나를, 그 존재를.

허용할 수 없었다.

그리고.

서로 노려본 우리는 완벽히 동시에, 완벽히 같은 행동을 했다.

"《《그 길에 있는 것은 절망》》《《그것은 가련한 남자의 삶》》."

내 최강의 마법이자 비장의 수단. 《고유 마법》의 영창을 이었다.

"《《그자는 고독》》《《등을 쫓는 자는 있어도》》《《패도를 함께 걷는 자는 없으니》》."

영창이 진행되면서 우리의 주위로 복잡한 기하학 문양이 나타났다 사라지고는……

"《《아무도 이해하지 못하고》》《《모두가 그의 곁을 떠난다》》."

서로 노려보는 우리의 중앙. 서로의 전투 의지가 맞부딪치는 그곳이 일그러져 보였다.

"《《유일한 친구에게도 버림받아》》《《그는 광기와 고독의 바다로 빠져든다》》."

이제 이 대결의 결판은 누군가의 죽음으로만 끝난다.

그런 확신이 깊어진 나는…… 다시 자신의 의사를 확인했다.

"《《그 죽음에 안녕은 없고》》《《비탄과 절망을 품고 익사한다》》."

……이긴다. 반드시 이긴다.

이길 수 있을 것이다.

나는 이를 악물며.

"《《분명 그것은》》."

마지막 한 구절을 입에 담았다.

"《《고독한 왕의^{프 라 이 빗 킹 덤} 이야기》》."

찰나의 순간, 내 눈앞에 그리고 그의 곁에 그녀가 나타났다.

리디아. 그녀의 영혼 일부가 형성한 생전의 모습.

다음 순간 그 모습이 거대한 검으로 바뀌었다.

칠흑의 칼날에 혈관처럼 붉은 선이 새겨진 모습, 그것 자체는 서로 마찬가지였지만…… 로그의 검에는 상처가 있었다.

도신 전체에 금이 있었고 그 상처가 로그가 살아온 모습을 반영한 것처럼 느껴졌다.

우리는 그 무기의 자루를 쥐고서.

"……하앗!"

서로 기합을 뿜으며 일직선으로 돌진했다.

엄청난 힘이 대지를 부수고 막대한 흙덩이가 하늘로 솟구쳤다.

그것이 쏟아지기도 전에.

우리의 첫 번째 공격이 시작됐다.

"이야압!"

"스읍!"

날카로운 호흡과 함께 검은 검을 휘둘렀다.

전부 급소를 노렸다. 모든 것이 필살의 일격.

마법은 사용하지 않았다.

아니, 사용할 수 없다고 해야 할 것이다.

우리의 《고유 마법》의 힘은 해석과 지배. 적의 마법을 해석해 그것을 지배한다.

따라서 모든 마법은 발동하기 전에 무력화되거나 발동한 사람을 공격한다.

서로에게 같은 힘이 있기에 우리의 승부는 순수한 검술, 혹은 육탄전이 될 수밖에 없었다.

하지만.

그것은 정상적인 대결이 아니다.

"으아!"

"크읍!"

서로에게 검을 휘두를 때마다, 그 칼날이 맞부딪치는 것으로 대기가 떨리고 대지가 갈라졌다.

두 사람 모두 《마왕》이라 불린 자. 우리의 대결은 단순히 맞붙을 뿐이라 해도 세계에 막대한 피해를 가져다준다.

……승산은 50퍼센트일까.

그렇다면.

"리디아. 페이즈: 2, 레디."

【알겠습니다. 용마합신, 제2형태로 이행합니다.】

대답과 동시에 검은 아우라가 우리의 몸을 감쌌다.

……아무래도 상대도 똑같이 생각한 듯하다.

내가 형태 변화를 마칠 무렵, 로그도 제2형태로 모습을 바꾸었다.

머리카락은 전부 흰색으로. 몸에 두른 의복은 검은 갑옷으로.

서로 같은 모습. 하지만…… 로그가 두른 갑옷은 칼과 마찬가지로 수많은 상처가 나 엉망이었다.

"이거라면……!"

"어떠냐!"

두 사람 모두 그 위력이 방금과 비교할 바가 아니었다.

칼이 부딪치며 고막이 터질 듯한 굉음이 발생.

우리가 선 대지에 커다란 구멍이 뚫렸다.

소리를 제치고 빛에 가까운 기세로 달리며 멸망의 대지로 불린 일대에 투쟁의 흔적을 새겼다.

……아직 50퍼센트인가.

그렇다면 이 대결은 서로가 지닌 기술의 우열로 결판이 나지는 않을 것이다.

승패를 가르는 것은 아마도…… 마음가짐.

누구의 정신이 더욱 뛰어날 것인가. 싸움에 임하는 마음이 얼마나 더 강한가.

이것은 그런 승부다.

그렇기에.

"우, 아아아아아아아아아아아!"

"큭……!"

이윽고 균형이 무너지기 시작했다.

열세에 빠진 것은 필연적으로.

나였다.

"으, 읍……!"

조금씩 상대의 칼이 내 몸에 닿기 시작했다.

그리고 드디어 뺨을 베여 선혈이 허공에 떠올랐다.

그것을 본 로그가 소리쳤다.

"네놈은 어째서 목숨을 끊었지?! 분명 나와는 달랐겠지! 아마도 고독을 견딜 수 없었겠지?! 아닌가?!"

적의 기세가 더욱 강해졌다. 그에 반해…….

내 몸은 점차 둔해졌다.

그 원인은 역시.

"그런 네놈이! 잘도 내게! 도망쳤다고 말했군!"

마음이었다.

로그과 나는 마음가짐에 큰 차이가 있었다.

"리디아를 죽인 사실은 네놈에게 그 정도에 불과하다는 건가! 나는 세계가 달랐으면 이렇게까지 자기중심적인 녀석이 되었단 말인가! 네놈은 리디아를 죽인 죄악감보다 고독이 더 컸다는 거로군! 자업자득인 결말을 저주하며 다음 생애에서 행복하길 바라며 전생했다! 그 제멋대로인 행동에 구역질이 나온다!"

아무런 반론도 할 수 없었다.

실제로 그의 말이 옳으니까.

"어째서 그렇게까지 이기적이지?! 이해할 수 없다! 설마 리디아가 한 마지막 말을 잊은 것은 아니겠지?!"

"그럴, 리가…… 없잖아!"

칼날을 맞부딪치고 힘을 겨뤘다.

검 너머로 노려보며, 나는 과거를 떠올렸다.

……긴 전쟁의 종반. 슬픔을 반복한 끝에 우리는 목적 달성을 눈앞에 두었다.

《바깥 자들》을 없애고 사람들 손으로 주권을 되돌린다.

우리 세계의 대부분을 손에 넣었고, 그 녀석들은 앞으로 한 명만 남았다.

그런 상황에 나는 이미 만족했다.

아니, 어떤 의미로는 궁지에 몰려 있었다.

많은 친구를 잃고 고독에 빠져…….

마지막에 남은 것은 리디아뿐. 그녀만이 나의 구원이었다.

그렇게 궁지에 몰린 나는…… 더 이상 싸우고 싶지 않았다.

리디아를 잃을 위험 부담을 짊어지고 싶지 않았다.

마지막은 《바깥 자들》을 이끌었던 자. 그 역량은 정말이지 어마어마했다. 만약 그 녀석을 없애야 한다면 아군의 절반을 희생할 각오가 필요했다.

그 희생자 중에는 나만 아니라 리디아도 포함될지도 모른다.

최악의 미래를 예상했기에 나는 이렇게 결론지었다.

『이제 싸울 필요 없다. 나는 상대의 요구를 받아들이겠다. 그 자의 영지에 자치권을 인정하고 살아남은 《마족》들의 국가 성립을 묵인. 그리고…… 우리는 휴전 협정을 맺어 불가침 조약을 체결한다.』

이것으로 우리의 오랜 싸움은 끝을 맞이할 것이라고 단언했다.

……그 결론을 곧바로 반대한 것이 리디아였다.

『웃기지 마! 그 녀석을 내버려 두면 언젠가 또 같은 일이 벌어질 거야! 그것을 방지하기 위해서라도! 지금! 그 녀석들을 쳐야 해!』

당시 리디아는 저주의 영향도 있어 무척이나 호전적이었다. 그 발언은 과거의 그녀를 아는 사람이라면 믿기지 않았을 것이다.

지금 생각해보면 그녀가 그렇게 된 것도 초조함의 원인이었던 것 같다.

『네놈이 아무리 반대해도 결론은 바뀌지 않는다. 받아들여라.』

방침의 차이가 우리의 관계에 큰 균열을 내리라고…… 그 당시에 깨달았더라면.

　지금은 이해할 수 있지만, 당시에는 그럴 수 없었다.

　내게 리디아라는 존재는 공기와도 같았다.

　거기에 있는 것이 당연해 사라지는 것은 있을 수 없다.

　살기 위해 필수인 존재임에도 그 고마움을 완벽히 이해하지 않았다.

　그래서.

　『어째서 내 마음을 모르는 거야?! 우리는 한뜻이 아니었어?!』

　그 말에 나는 최악의 대답을 하고 말았다.

　"몇 번! 몇 번을 후회했는지! 몇 번이나 자신을 저주했는지! 그때 리디아의 질문에 자신의 속마음을 털어놓았더라면! 단 한마디, 널 잃고 싶지 않기 때문이라고, 그렇게 솔직하게 전했더라면! 그런 일은 벌어지지 않았을 거다!"

　로그의 외침은 내 본심이었다. 당시의 나는 그녀가 어째서 내 마음을 몰라주는지 제멋대로인 감정을 품었을 뿐이었다.

　그래서 자신의 속마음을 솔직하게 말하지 못하고.

　나는 이렇게 답했다.

　『그렇게나 계속 싸우고 싶다면 마음대로 해라. 네놈 따윈 이제 모른다.』

　이것이.

이런 말이.

인간이었던 그녀에게 보낸 마지막 말이었다.

그녀와 나눈 마지막 대화를 싸움으로 끝내고 말았다.

"그런 결말, 나는 절대로 인정할 수 없다! 따라서 리디아를 구할 테다! 구한 뒤, 나는 그녀의 손에 심판받을 것이다! 그때 내 어리석은 행동을 사과하고 지옥으로 떨어질 것이다! 그리고…… 리디아는 이 세계의 나와 행복한 인생을 걸을 것이다!"

자신이 아닌, 어떤 의미로는 전혀 다른 남인 이쪽 세계의 자신을 그 역할로 선택한 시점에서…… 자책하는 마음의 한없는 깊이를 알 수 있었다.

그리고 리디아를 향한 마음도.

서로의 마음가짐에 차이가 있다면 그 점일 것이다.

나는 또 다른 나를 향한 자기혐오, 동족 혐오만을 연료로 삼아 싸웠다.

그러나 로그는 거기에 리디아를 향한 망설임 없는 마음을 짊어지며 싸웠다.

……나는 아직 망설이고 있다.

리디아를 구하지 않는 결론이 옳은 것일까. 거기에서 망설임이 생겨났다.

당연하지 않은가.

아무리 당사자가 그것을 바란다 해도.

나는 그녀가 행복해졌으면 하니까.

"크윽……!"

망설임이 나를 열세로 내몰고.

"흠……?!"

결판의 때가 왔다.

하필 나는 지면의 파인 곳에 다리가 걸려 자세가 무너지고 말았다.

그렇게 생겨난 빈틈은 잠시였지만.

목숨을 잃기엔 충분한 시간이었다.

"우오오오오오오오아아아아아아아아아!"

외침과 함께 로그가 다가왔다.

대검의 끝은 내 가슴을 겨누었고.

그것은 분명 잠시 후에는 내 심장을 뚫을 것이다.

……신기하게도 후회는 없었다.

오히려 이대로 좋다는 생각조차 들었다.

이리나와 지니는 슬퍼하겠지만…… 로그도 나다.

분명 나쁘게 대하지는 않을 것이다.

내가 죽은 뒤, 로그가 바람을 이룰지는 모르겠지만.

만약 리디아를 구할 수 있다면 기쁜 일이다.

그래서 나는 자신의 죽음을——.

온전히 받아들이고 상대의 공격을 당하기 직전이었다.

"흐음?!"

공격이 멈췄다.

내 가슴을 뚫기 직전, 검은 칼날이 떨린 채 다가오지 않았다.

이것은 대체 어떻게 된 걸까?

"크으……!"

로그도 동요하고 있다. 흉터가 새겨진 얼굴에 강한 당혹감이 떠올랐다.

"이건……! 설마……!"

로그의 입에서 그런 한마디가 나온 순간.

나는 눈을 부릅떴다.

착각일까.

로그의 뒤로 리디아의 모습이 보였다.

그녀가 로그를 붙들어 움직임을 멈춘 것처럼 보였다.

그리고.

『내 바람을 지켜줘.』

이쪽을 바라보는 그녀의 눈동자가 그런 마음을 전하는 것만 같아서.

그래서 나는.

"리디아……! 그것이 네 바람이라면……!"

이를 악물고.

치밀어 오르는 감정을 느끼며.

내 손에 있는 것을 전력으로 휘둘렀다.

"크헉?!"

비스듬히 휘두른 동작은 가슴을 베려는 공격이었지만.

직전에 상대가 간신히 몸을 움직여 후방으로 도약했다.

그러나 조금 늦었다.

내 검은 로그의 몸을 깊게 그었다.

"크으······! 그만둬라, 리디아······! 이럴 때마저 너는······! 나를 방해하려는 건가······!"

전세가 역전된 것은 누구의 눈으로 봐도 확연했다.

방금까지 이 대결은 1대1이었지만.

지금은 2대1.

리디아의 마음이 그의 움직임을 붙들고 있다.

거기에 깊은 상처까지 더해져 단번에 이쪽이 유리해졌다.

그러나.

"질까 보냐······! 실패할까 보냐······! 이제 두 번 다시····· 두 번 다시 실패하지 않겠다고 맹세했다! 나는······ 나는······!"

그런데도 로그는 한껏 저항했다.

엄청난 후회가, 강력한 의지가, 그에게 힘을 주었다.

그러나.

역전은 이뤄지지 않았다.

"으, 으윽······."

드디어 로그가 한쪽 무릎을 꿇었다.

온몸을 베여 검은 갑옷과 대지를 붉은 선혈로 물들이는 또 다른 나.

그 숨통을 끊고 결판을 내기 위해 나는 조용히 검을 들어 올렸다.

"······끝이다. 디재스터 로그. 내 분신이여."

"네놈은····· 정말 이대로 좋다고····· 그렇게 생각하나······?"

로그는 거칠게 숨을 내쉬고 어깨를 들썩이며 나를 보았다.

그 눈동자에 있는 것은 공포. 그러나 죽음의 공포가 아니다.

실패의 공포일 것이다.

그리고…….

그는 목숨을 구걸하기 시작했다.

"떠올려라…… 리디아와 보낸 나날을…… 그것이 얼마나…… 네놈에게 얼마나 소중한 것이었는지를……."

나는 그의 감정을 뼈저리게 이해한다.

이 남자는 나 자신이니까.

목숨을 구걸하는 것은 절대로 있을 수 없다. 그럴 바에야 무한히 이어지는 고문이라도 얌전히 받아들일 것이다. 그런 긍지를 꺾어서라도 필사적으로 살아남으려 했다.

전부 리디아를 위해서.

……그런 내 모습에 나는 눈물을 흘렸다.

눈물을 흘리지 않을 수 없었다.

"실패할 수 없다…… 이번만큼은…… 이번, 만큼은…… 잃은 뒤에야 진정으로 이해했다…… 리디아를 향한 마음을, 그제야…… 그렇기에 그녀를…… 그녀를 구하고 싶다…… 나는…… 나, 는……."

"그녀를, 사랑했다……!"

그 말을 들은 순간.

몸이 떨렸다.

검을 쥔 힘이 살짝 풀렸다.

그러나.

"으, 오…… ㅇㅇㅇㅇㅇㅇㅇㅇㅇㅇㅇㅇㅇㅇㅇㅇㅇㅇㅇㅇㅇ!"

망설임을 떨쳐내기 위해 소리쳤다.

나는…….

흐린 하늘 아래.

단숨에 로그의 심장으로 칼끝을 찔러 넣었다.

제56화 전직 《마왕》님, 현대로 귀환하다

살점을 가르는 기분 나쁜 감촉.

로그의 가슴을 깊이 파고든 칼날이 내 손으로 실감을 전달했다.

목숨을 빼앗았다는 실감을.

이미 익숙해진 감각에 아무런 감정도 느끼지 못한 채.

나는 그저 눈앞의 분신을 바라볼 뿐이었다.

"쿨럭……!"

피를 토하고 온몸을 떨었다.

그렇게 로그는 나를 노려보며.

"네놈은…… 다시 죄를 저질렀다……! 잊지 마라……! 네놈은, 이것으로…… 한 번 더…… 한 번 더 그 손으로, 리디아를…… 죽였다……!"

아무런 말 없이 죽어가는 로그를 바라보며 이를 꽉 깨물었다.

그렇고말고. 이렇게 하는 것으로 미래가 어떻게 될지 알면서 행동했다.

나는 이 손으로 리디아의 죽음을 확정했다.

……그것이 그녀의 바람이었으니까.

"크헉."

다시 대량의 각혈. 이제 로그의 목숨은……

그렇게 생각할 때였다.

그의 육체가 옅게 빛나더니 입자 형태가 되어 사라져갔다.

이건 대체……?!

"아무래도…… 놈들은 반드시 이 세계에 종말을 가져오고 싶은 듯하군……"

사라져가는 로그가 무언가를 깨달은 듯 중얼거렸다.

"무슨 뜻이지……?!"

"그건…… 스스로 생각해라…… 다만…… 내가 해줄 말은……"

잠시 틈을 두고 로그는 입가에 약간의 미소를 떠올렸다.

그것은 결단코 온화한 것이 아니었다.

나를 향한 살기와 목적의식에 대한 광기.

불길한 사념을 담은, 한기가 느껴질 정도로 오싹한 미소였다.

"아직 끝나지 않았다……! 그 녀석들이 내게…… 《마왕》이기를 기대한다면…… 마지막까지 연기하겠노라……! 그 끝에…… 내 속죄와 리디아의 행복이 있다면……!"

혼자서 모든 것을 이해한 모습으로 사라졌다.

그리고.

마지막으로 로그는 문득 떠오른 듯이.

얼굴에 깃든 노기를 조금 풀며 말을 남겼다.

"……이리나와 지니를 죽게 두지 마라. 내게도 그녀들은 마지막 인연이기도 하다. 네놈은 내게 최대의 적이지만…… 그 점만큼은 실패하지 않기를 기도하지."

거기까지 말한 뒤 로그의 모습은 완전히 사라지고.

그곳에는 나만이 남았다.

신경 쓰이는 점은 몇 가지 있다.

다만 사고가 따라가질 못했다.

이것으로 전부 끝났다고 생각하니.

나는…… 눈물이 떠오른 것을 자각하며 하늘을 올려다보았다.

어느 틈엔가 흐린 하늘이 맑게 개어 아름다운 푸른색이 하늘 가득 퍼져 있었다.

지금은 그런 파란 하늘이 마음 깊이 미웠다.

나는 한줄기 눈물을 흘리며 홀로 말을 이었다.

"이걸로 괜찮았던 걸까……?"

그것은 정말 갑작스러운 일이었다.

리디아가 《마왕》의 영체를 봉인한 매개체를 파괴한 얼마 후.

아무런 징조도 없이 이리나와 지니의 온몸이 옅게 빛나기 시작하더니.

발밑부터 천천히 입자 형태로 사라지기 시작했다.

"어⋯⋯?!"

"이, 이건⋯⋯?!"

두 사람의 머리에 같은 말이 떠올랐다.

제일 먼저 떠오른 것은 아드의 승리.

그리고⋯⋯ 현대로 귀환.

두 사람은 얼굴을 마주 보며 기쁨과 안도가 뒤섞인 온화한 미소를 떠올렸다.

그 옆에서.

"⋯⋯아무래도 돌아가게 된 모양이네. 뭐, 너희에겐 그게 제일이겠지."

리디아의 말에 두 사람은 눈이 휘둥그레졌다.

"어. 리, 리디아 님, 혹시⋯⋯."

"저희가 미래에서 왔다는 것을 알고 계셨나요?"

깜짝 놀란 두 사람에게 리디아는 쓴웃음을 지었다.

"뭐, 그냥 왠지. 나는 바보지만 감은 예리하거든. 그래서 이번 일도 이것저것 상상했었는데⋯⋯ 와, 설마 진짜였을 줄이야~ 이번만큼은 나라도 깜짝 놀랐어."

제아무리 리디아라 해도 조금은 동요한 걸까.

그 미모에 떠오른 미소는 무어라 말하기 어려웠다.

그 후, 리디아는 뺨을 긁적이며 잠시 망설이는 행동을 보이며.

"저기, 하나만 알려줄래? ⋯⋯미래는 어떻게 됐어? 평화로워졌어? 모두가 웃으며 살 수 있는, 그런 세계가 됐어?"

두 사람은 잠시 말문을 잃었다.

리디아의 질문에 정확하게 답한다면…… 결코 그렇지는 않다고 대답해야 하리라.

그녀가 바란 것은 인간의 미소만이 아니었다.

분명 그녀는 인간과 《마족》이 좋은 형태로 공존해 서로 손을 맞잡고 웃을 수 있는 그런 세계를 바랄 것이다.

그러나 현실은 잔혹하다.

미래 세계에서 《마족》은 최대의 차별 대상이자 공존할 수 없는 존재.

상대방도 인류를 원숭이 이하의 존재로 깔본다.

두 종족은 어느 한쪽이 멸망할 때까지 싸울 것이다.

그러나…… 그런 슬픈 답을 말할 수는 없었다.

"미래는…… 미래는 리디아 님이 상상하던 것보다 멋진 세계가 됐어요!"

"맞아요! 하루하루가 즐거워서 다들 행복하게 살고 있어요! 제대로 누구나 웃으며 살 수 있는 세계가 됐다고 생각해요!"

두 사람은 거짓말을 했다. 그럴 수밖에 없었다.

도저히 진실을 말할 수 없었다.

그런 두 사람의 마음을 깨달았는지, 아니면 두 사람을 믿은 것인지.

리디아는 기쁘게 미소 지었다.

"그래. …… 우리의 희생은 소용없는 짓이 아니었네."

모두가 아닌, 동료도 아닌.

리디아는 '우리'라고 말했다.

그 말은…….

그녀는 자신의 숙명조차 깨달았을 것이다.

"리디아, 님…… 리디아 님은, 저기……."

"그래. 죽겠지? 나도. 분명 비참한 형태로."

아무렇지도 않게 말하는 그녀에게 이리나와 지니는 다시 깜짝 놀랐다.

리디아는 미소를 지으며 그런 두 사람의 머리를 쓰다듬고서.

"그거면 됐어. 아까도 말했잖아. 나는 평온하게 죽는 건 바라지 않아. 그러니까…… 너희가 신경 쓸 것 없어."

자상하게 말한 리디아. 그녀는 분명 자신들의 고뇌를 읽었을 것이다.

이 사람을 처음 만났을 때는 당황했었다. 들었던 인격과 너무나도 달랐으니까.

이리나가 품은 첫인상은 실망에 가까웠다.

지니도 마찬가지였다. 이런 변태 같은 사람은 좋아할 수 없을 것이라 생각했다.

그러나 만나는 시간이 길어지면서 점점 이 사람을 사랑스럽다고 생각하는 순간도 늘었다.

그것과 동시에 이 사람은 분명 신화에 이름을 새긴 영웅이라고 존경하게 되어…….

어느새 두 사람은 리디아에게 존경과 동경하는 마음을 품었다.

그렇기에 생각했다.

이 사람이 죽지 않았으면 좋겠다고.

비참한 결말을 맞이하지 않았으면 좋겠다고.

그러나 자신들이 무엇을 할 수 있을까.

애초에 리디아의 죽음에는 수수께끼가 많았다. 그 진실도 모르는 자신들이 무엇을 할 수 있었을까. 그리고 만약 가능했더라도 리디아가 그것을 거부했을 것이다.

그녀의 신념은 너무나도 확고했다.

그것을 이해했기에⋯⋯.

두 사람은 적어도 마지막까지 리디아의 모습을 머릿속에 새겨 두려 했다.

이 사람을 잊지 않겠다고.

그것만이 자신들이 할 수 있는 유일한 일이라고 생각했다.

"⋯⋯어이쿠, 진짜로 시간이 없는 모양이네. 하아, 아쉬워라. 지니하고는 아직 키스도 못 했는데⋯⋯. 이리나, 너한테는 조금 훈련을 시켜줄까 했었고. 하지만 뭐, 어쩔 수 없지."

리디아는 머리를 긁적이며 진심으로 안타깝다는 듯이 한숨을 쉬었다.

"원래라면 조금 더 너희에게 무언가를 남기고 싶었지만⋯⋯ 어쩔 수 없으니 이 말만 남길게."

그렇게 말한 리디아는 먼저 맑은 눈동자로 이리나를 보았다.

"앞으로 힘들지도 모르지만⋯⋯ 그럴 때는 침착히 주변을 살펴봐. 네게 소중한 것이 반드시 보일 거야. 그리고 이것만큼은 단언할게. 너는 절대 혼자가 아니야. 그 사실만큼은 절대로 잊지 마.”

“……네!”

이리나는 눈동자를 눈물로 적시며 이별을 아쉬워하며 고개를 끄덕였다.

그런 그녀와 포옹을 나눈 이리나는 지니를 보았다.

“아무래도 이번 일로 한층 발전한 모양이네. 얼마 전과는 표정이 달라졌어. 잘 성장했다, 지니.”

“전부 리디아 님 덕분이에요……! 리디아 님이 격려해 주셔서……!”

“그렇지 않아. 결국엔 네 힘이지. ……잘 들어, 이번 일은 잊으면 안 돼. 벽이란 것은 네가 멋대로 정한 것에 불과해. 만약 힘든 일이 있으면 바보가 돼. 누구보다도 바보가 되어서 돌진해. 그렇게 하면 너는 누구보다도 멀리 갈 수 있어. 불가능은 어디에도 없을 거야.”

“네!”

지니도 눈에 커다란 눈물을 떠올리며 끄덕였다.

“마지막으로 전언을 맡아줄래? 꼭 그 녀석한테…… 아드에게 해둘 말이 있어.”

거절할 이유는 어디에도 없었다.

고개를 끄덕인 두 사람에게 리디아는 이야기를 시작했다.

그 한마디, 한마디를 기억에 새기고…… 결국 그때가 찾아왔다.

이리나와 지니, 두 사람의 몸이 완전히 입자가 되어 사라졌다.

마지막의 마지막, 리디아는 만면에 환한 미소를 떠올리고서.

"잘 가라. 돌아간 뒤에도 잘 지내고. 감기 걸리지 말고 오래 살아. 밥은 편식하지 말고 먹어. 그리고…… 하하, 어쩐지 엄마 같네."

마지막 말을 보내며 천진난만하게 웃었다.

그것이 이리나와 지니가 본 그녀의 마지막 모습이었다.

바라건대.

적어도 이 세계만이라도.

이 세계의 그녀만이라도.

마지막에는, 자신들이 본 평온한 미소를 띠고 있길 바라노라고.

두 사람은 진심으로 그렇게 기도했다.

모든 것이 갑작스러워 정신을 차리고 보니 어느새 끝나 있었다.

지금에 이르기까지의 궤적을 표현하자면 이렇게 될 것이다.

상당히 급박한 시간 여행 끝에 우리는 처음 장소로 돌아왔다.

즉, 검은 공간이었다.

어둠만이 가득한 이 공간에서 나는 이리나와 지니, 두 사람과 재회했다.

"우와앙~! 아드~! 만나고 싶었어~!"

내가 없는 사이에 많은 일이 있었겠지. 이리나가 폭포수 같은 눈물을 흘리며 내 가슴에 뛰어들었다.

"아앗! 너무하잖아요, 미스 이리나! 적어도 제가 안길 곳을 남겨…… 에잇! 저리 비키세요, 이 단세포!"

"시끄러워, 바보! 지금 아드는 나만의 아드야! 너는 저기 영문을 알 수 없는 자칭 신에게나 안겨!"

이리나는 내 가슴에 뺨을 비비며 손가락으로 가리켰다.

그곳에 선 자는 신을 자칭하는 성별 불명의 어린아이.

그, 혹은 그녀는 무기력함을 그림으로 그린 듯한 표정으로 지니를 보았다.

"나라도…… 좋다면……."

천천히 두 팔을 벌렸지만.

"괜찮아요! 제가 뛰어들고 싶은 건 아드 군의 가슴뿐이니까요!"

"아…… 그래……."

그다지 신경 쓰는 것 같지도 않게 신을 자칭하는 어린아이는 자신의 머리카락을 만지작거렸다.

그리고서.

"이번 일은…… 완벽한 돌발 상황……이었지만. 평소보다 부족하지 않을 정도로…… 극적이었어. 여기까지 해낸 너희에게…… 만감의 마음을…… 품게 돼."

"그런 것치고는 표정 하나 없네요."

"이것으로…… 이번 연극은…… 막을 내려. 하지만…… 너희의 무대가 완전히 끝난 건…… 아니야. 원래 있던 세계에서 다시…… 자신의 역할을 다해주었으면 해."

자칭 신이 그런 말을 한 순간.

이리나와 지니의 모습이 갑자기 사라졌다.

"……두 분은 원래 세계로 돌아갔다고 생각하면 될까요?"

"응."

살짝 끄덕이는 자칭 신에게 나는 새로운 질문을 던졌다.

"저만 남겨둔 이유를 여쭤도?"

"이번에 네게는…… 잔혹한 역할을…… 맡기고 말았어. 그 점을…… 정말로 미안하게 생각해…… 그러니까 조금이지만…… 이야기를 나눌 기회를 만들었어. 묻고 싶은 게 있다면…… 뭐든지 물어봐."

무기력한 표정으로 이쪽을 똑바로 바라보는 자칭 신.

그런 그 혹은 그녀의 말대로 나는 의문을 해결하기로 했다.

"당신은 누구입니까? 디재스터 로그의 말로 비추어 당신들이 집단이라는 건 알 수 있었습니다. 또한 베다가 당신들을 고차원 존재라고 불렀지만 자세한 것은 아무것도 모르더군요. 당신들은 누구이고 목적이 무엇인지. 그리고…… 우리의 아군인지, 아니면 적인지. 대답해주셨으면 좋겠군요."

신을 자칭하는 어린아이는 역시 무표정한 채로 담담히 답했다.

"우리를 가리키는 말은…… 어디에도…… 없어. 베다의 말대로…… 고차원 존재라고 부르면…… 그러면…… 돼. 다른 이름이 좋다면…… 그래도 상관없어. 정체와 목적……은 지금, 밝힐 수…… 없어. 애초에 우리가 이렇게 연기자^{캐스트}와 접촉하는 것 자체가…… 원래는 규칙 위반. 이번은 정말로 예외적인 상황이었어."

종잡을 수 없다는 게 이런 것일까.

"결론부터 말하자면 당신은 제 질문에 대답할 생각이 없다는 건가요?"

"어떤 의미로는…… 그럴지도 몰라. 하지만…… 이것만큼은…… 믿어줬으면 해. 적어도…… 나는 너희 편이야. 무슨 일이 있어도…… 그야말로…… 관측자가 너희에게 질리더라도…… 나만큼은 편을 들어줄 거야. 누가 뭐래도 나는…… 너희◇∂○∅s■χ………… 이 정도 일도 금칙 사항이라니…… 조금…… 너무하네."

눈을 가늘게 뜨며 투덜대듯 속삭인다.

결국 이 녀석이 대체 누구인지 여기서는 알 수 없을 것 같았다.

무엇이든 물어보라고 말해놓고 이건가. 정말이지 화가 난다.

그렇다고 아이처럼 투정부려도 소용없을 것이다.

이렇게 된 이상 생각할 것은 한 가지.

"두 번 다시 만나지 않기를 진심으로 바랍니다, 미스터 갓."

빈정거림을 담아 말했다. 그러나 상대는 전혀 신경 쓰지 않는다는 듯이 그저 고개를 끄덕일 뿐이었다.

그리고…… 드디어 내 차례가 온 듯하다.

의식이 점차 멀어졌다.

이제야 돌아갈 수 있는 건가.

그러나 이 피곤한 상태에서 수학여행을 마쳐야 한다.

그렇게 투덜댄 순간.

"나도…… 너와 마찬가지. 너와는…… 두 번 다시 만나고 싶지 않아. 왜냐하면…… 다음에 내가…… 너와 마주할 때는…… 다시 말해……."

신을 자칭하는 어린아이는 마지막에.

"관측자(갤러리)에게 버림받은 너희가…… 필기자(도미네이터)에게 멸망한다는…… 것이니까."

너무나도 신경 쓰이는 발언을 남기고.

내 눈앞에서 사라졌다.

무언가 말해주고 싶었지만.

그전에 내 의식이 검게 물들었다.

………………

…………

……목소리가 들린다.

익숙한 그 목소리는.

"야, 어이, 아드 메테오르. 도착했다, 일어나."

내 누님인 올리비아였다.

그녀의 목소리와 몸이 흔들리는 것을 느끼며 의식이 각성.

천천히 눈꺼풀을 드니…… 내 눈에 마차 내부의 모습이 들어왔다.

원래 세계로 돌아왔다는 실감이 들었다.

아니, 잠깐.

애초에 그건 이동 중에 본 유치한 꿈이 아니었을까?

그렇게 생각했지만.

문득 옆을 보고서 그 생각을 부정하게 됐다.

"일~어~나~! 일어나! 정말이지 둘 다 너무 깊이 잠들었다고!"

실피가 깨우는 이리나와 지니.

그 머리에는 리디아에게서 받은 머리 장식이 눈 부신 빛을 내고 있었다.

그리고 한 가지 더.

"실피. 불손한 질문을 던져도 되겠습니까?"

"뭐야?! 나는 지금 두 사람을 깨우느라 바빠."

"가슴을 크게 하기 위한 체조, 아직도 계속하고 있습니까?"

"뭐?! 그야 당연하지! ……어째서 네가 아는 거야?!"

아주 약간. 정말이지 미세한 영역이지만.

실피의 가슴이 커진…… 것처럼 보이기도 했다.

"뭐, 뭐야! 빤히 보지 말라고! 이 변태! 하, 하지만 그렇게 보고 싶다면…… 트, 특별히 보여줄 수도……."

"아니요. 괜찮습니다. 이미 확인했으니까요. 애초에 전 당신의 가슴에 그다지 흥미가 없으니 안심하세요.”

“뜨아아아?!”

어째서인지 충격을 받은 표정을 한 실피.

……뭐랄까. 돌아온 것 같다.

이윽고 이리나와 지니도 눈을 떴다.

“자, 빨리 내려. 다른 사람은 이미 이동하기 시작했다.”

어쩔 수 없다는 투로 올리비아가 하차를 재촉했다.

그 말에 따라 우리는 마차에서 내려와.

바로 전에 돌아다녔던 곳.

과거에 왕도라 불린 옛 도시…….

현대의 킹스 그레이브의 땅을 밟았다.

“이런 의미로도 돌아올 줄이야…….”

혼잣말은 누구의 귀에도 들어가지 않고 허공으로 사라졌다.

“그립네! 여기는 그다지 변하지 않았어! 부하였던 죠니가 연가게는 아직 남아 있을까?!”

“야, 멋대로 움직이지 마. 단체 행동을 지켜라.”

들뜬 실피와 그것을 나무라는 올리비아.

두 사람이 천천히 멀어지는 가운데.

“그럼 우리도 갈까요.”

나는 이리나와 지니에게 말을 걸었다.

두 사람은 밝은 표정으로 끄덕였다. 하지만…….

문득 무언가를 떠올린 표정으로.

“아, 맞다. 헤어질 때 리디아 님께 전언을 부탁받았어.”

"……전언이요?"

"응. 그게……."

이리나의 입에서 그 말이 흘러나왔다.

그 녀석과 닮은 그녀가 말하자 마치 본인이 직접 말하는 것만 같아서.

나는 눈물을 참느라 필사적이었다.

『여러모로 고맙다.』

『나는 뭐, 그냥. 잊어달라고 말해야겠지만.』

『미안. 안 되겠어. 네가 잊는다니 쓸쓸해서 참을 수가 없네.』

『그러니까 나를 잊지 말아줘. 하지만…….』

『뒤를 돌아보지 마. 어려울지 몰라도 앞을 바라보며 살아줘.』

『무슨 일이 있어도. 어떤 일이 벌어져도.』

『우리는 친구야.』

…………

……정말이지 그 바보 녀석.

언제까지 내 마음을 휘저을 생각이야.

"어이~! 뭐 하고 있어~! 두고 간다~!"

"그래! 지금 가니까 기다려!"

"쓸데없이 건강하네요. 이 시대의 미스 실피도."

이리나와 지니는 쓴웃음을 지으며 나란히 실피와 올리비아에게로 갔다.

한편…… 나는 리디아의 말을 곱씹었다.

"앞을 보고 살아라. 그 녀석답군."

나도 모르게 미소가 번졌다.

하지만.

『네놈은…… 다시 죄를 저질렀다……!』

『잊지 마라……!』

『네놈은, 이것으로…… 한 번 더…… 한 번 더 그 손으로, 리디아를…… 죽였다……!』

디재스터 로그의 저주가 되살아났다.

……그래 맞다. 나는 다시 죄를 범했다.

두 번이나 리디아를 죽였다.

그것은 용서받을 일이 아니다. 설령 본인이 용서한더라도 나 자신이 용서하지 않는다.

하지만.

"어이~ 아드~!"

"빨리 가요~!"

나는 살아 있다.

계속 살아간다.

이 세계에서 그녀들과 함께——.

후기

2권을 읽고 오신 분은 오랜만입니다.

3권부터 읽으신 분은 처음 뵙겠습니다. 카토 묘진입니다.

여러분. 비디오게임은 좋아하시나요?

저는 중학생 때 일주일에 하나씩 소프트를 사서 빨리 클리어하고는 금방 질리는 것을 반복했지만, 고등학생이 되고서 다양한 사정 탓에 게임과 멀어졌었습니다.

그것은 성인이 된 이후에도 이어졌는데, 최근에 다시 게임에 대한 열기가 타오르고 있습니다.

그리고 비디오게임이라고 하면 제게는 피할 수 없는 것이 있습니다.

그래요. 짜증입니다.

저는 짜증이 많은 편은 아니지만 게임이 엮이면 도무지 조절할 수 없어서……

어린 시절, 모 배관공이 등장하는 그것을 게임하는 보이로 플레이했을 때였습니다. 도무지 잘 풀리지 않아 짜증이 난 나머지 화면에 머리를 찧은 결과, 비쌌던 게임하는 보이를 망가뜨려 부모님께 혼났던 기억도 있습니다.

세 살 버릇 여든까지라는 속담처럼 게임과 관련된 짜증은 도무지 낫지 않는 모양이라 최근에도 짜증을 내고 말았습니다. 생각대로 풀리지 않는 상황에 연속으로 화가 난 저는 결국 컨트롤러를 힘껏 때렸습니다.

그 결과 손가락을 다쳤습니다.

하지만 컨트롤러는 무사했습니다.

어쩐지 여러 의미로 패배한 기분이 들었습니다.

……마지막으로 감사 인사를. 담당자님, 이제는 많은 폐를 끼치는 것이 일상이 되어 버렸습니다만, 부디 버리지 말아 주십시오.

이번에도 멋진 일러스트를 제공해주신 미즈노 님. 무척이나 추상적인 이미지밖에 전달해드리지 않았음에도 엄청난 수준의 일러스트를 제공해주셔서 진심으로 감사합니다. 역시 프로는 굉장하네요.

마지막으로 이 책을 사 주신 독자 여러분께 무한한 감사를.

4권에서 다시 만나기를 기도하며 펜을 놓겠습니다.

카토 묘진

사상 최강의 대마왕, 마을 사람 A로 전생하다 3

2020년 11월 25일 제1판 인쇄
2020년 12월 01일 제1판 발행

지음 카토 묘진
일러스트 미즈노 사오

옮김 김덕진

발행 영상출판미디어(주)
등록번호 제 2002-000003호
주소 21311 인천광역시 부평구 평천로 132 (청천동)
전화 032-505-2973(代) | FAX 032-505-2982

ISBN 979-11-6625-346-1
ISBN 979-11-6466-639-3 (세트)

SHUO SAIKYO NO DAIMAO,MURABITO A NI TENSEI SURU Vol 3. DAIEIYU NO CATASTROPHE
ⒸMyojin Katou, Sao Mizuno 2018
First published in Japan in 2018 by KADOKAWA CORPORATION, Tokyo.
Korean translation rights arranged with KADOKAWA CORPORATION, Tokyo.

노블엔진(NOVEL ENGINE)은 영상출판미디어(주)의 라이트노벨 및 관련서적 브랜드입니다.